# 秋意集

邱轶 著

我愿竭尽所能，希望我的世界
再美丽一点、丰富一点、辽阔一点、悠远一点

长江出版传媒
长江文艺出版社

图书在版编目（CIP）数据

秋意集 / 邱轶著. — 武汉 ： 长江文艺出版社，
2023.7
ISBN 978-7-5702-3017-4

Ⅰ.①秋… Ⅱ.①邱… Ⅲ.①游记—作品集—中国—
当代 Ⅳ.①I267.4

中国国家版本馆 CIP 数据核字(2023)第 031713 号

秋意集
QIUYIJI

责任编辑：胡　璇　石　忆　　　　责任校对：毛季慧
装帧设计：陈景丽　　　　　　　　责任印制：邱　莉　　王光兴

出版：长江出版传媒 ｜ 长江文艺出版社
地址：武汉市雄楚大街 268 号　　　邮编：430070
发行：长江文艺出版社
http://www.cjlap.com
印刷：湖北新华印务有限公司

开本：880 毫米×1230 毫米　　1/32　　印张：6.875　　插页：4 页
版次：2023 年 7 月第 1 版　　　2023 年 7 月第 1 次印刷

定价：59.80 元

邱轶，武汉作家协会会员，湖北大学新闻系本科，武汉大学国际中文教育硕士，泰国国家发展管理研究院博士。南昌职业大学人文学院教师。曾任新华社湖北分社专栏编辑、华中科技大学远程与继续教育学院管理与工程技术培训部培训专员。参编《职业本科语文》《大学生思想政治教育》等教材。发表文学作品、学术论文40余万字。

世人作楷词，下笔使俗，
予试作一篇，
不知前言无妻耳。

美术指导：丁芳云

庚子

郎旗

美术指导：丁芳云

庚子卯孫

萱花蛾麻雀

# 序言：纪念之花在青春的墙头绽放

中国是散文的国度。自先秦以来，王朝更迭，时代兴衰，历代文人朝夕讽诵，潜移默化，浸染于汗牛充栋的优秀诗文深处，写出众多享誉全世界的名篇佳作，这些作品在人类文学史上异彩纷呈，从而形成了中国散文广阔的范围，无边的体式，繁杂的品种，令人目不暇接，历数不尽。

"然闲云孤鹤，何天而不可飞。"真正的散文，最需要一种从容自在的心境，这点对于邱轶这样年轻的作者而言，尤为重要。对于博士生邱轶，我真不知她年轻的心房，缘何能成熟得那么快，缘何能把飞扬的青春酿成只有成熟作家才可能修炼出来的淡泊。正如三毛在其《滚滚红尘》中的那句名言：人的第一部作品，往往不经意地流露出自身灵魂的告白。

热爱才是唯一的诉求。难怪作者说："我的圈子简单而单调，所以我的感知和见闻并不深刻，我的散文，无非看过的书和走过的路。"

邱轶的散文有华丽，亦有儒雅，更有淡然与好学深思，从而形成了从容潇洒、清新自然的风格。她的字里行间，折射出一位学识丰富的年轻才女，曾在海外留过学的女博士的那种睿智与典雅。她的文风，既继承了中国古典文学的优良传统，更有异域散文的灵性，以及独抒怀抱的随意，犹如一枚随风飘逸的绿叶，亲切轻巧，无拘无束，正如英国式的"絮语散文"，对当代的读者，特别是年轻人颇有吸引力。

在此，我很乐意引用著名学者钱谷融先生的那段精彩的阐述："散文则不然，作者毫无装扮，甚至不衫不履，径自走了出来。凡有所说，都是直抒胸臆，不假雕饰。他仿佛只是在喁喁独语，自吐心曲；或如面对久别的故人，正在快倾积愫。"（《柯灵散文选读后》）

是的，散文要有真性情，不受任何拘束，切忌造作，要自由自在，逞心而言。

她出生于江城武汉，本科和硕士分别在湖北大学和武汉大学就读，自然对自己的故乡热爱有加。她笔下的东湖不仅优雅如风景画"潋滟湖水恰柑橘赋橙红，近新衣予浅粉"，更有温柔至"荷塘月色的层层莲花，水灯营造出月亮倒影"。她童年时的"户部巷的古街气息到了傍晚黄昏才多了些许写意，我以为素描是不够的了，太不生动，水彩也是过分了，非要水墨恰好可以传神"。身为武汉人，如果没有江水相伴，真不知如何生活，邱轶心中的武昌江滩和那一江诱人的浪涛，更是那么震荡灵魂："如果没有这一江水，我怕是活不下去。站在水边看江水漫延，感觉就好幸福了。"其他如"黄鹤楼和长江大桥都若隐若现的，好像略带着羞涩的姑娘，我越是近了，越是揽不尽"。

她用一支摇曳多姿的笔，带着读者时而逛荆州古镇访古，时而上九宫山"探惜春"，时而钻入咸宁太乙温泉嬉闹。她充分利用假期，时而踏上西湖，观苏堤，抚断桥，行进一场又一场的青春集锦。她时而抒发"五岳归来不看山"的感慨，时而涂抹"江南三大名楼"的瑰丽。寺院与古庙，山林与片场，驿道与小镇，凡此种种，均是她的青春轨迹，均成为她指点的江山，飞扬的山河。

邱轶善于从书斋走向大自然，故而她的游记类散文能写得天马行空。她的散文，既没有过多的典雅秀丽，没有汪洋恣肆和气势宏伟，没有龙飞凤舞般的出神入化，却如一股清鲜的春风，如一溪叮咚的山泉，更有不少篇章犹如情味隽永的小品，可以看出作者平时是热爱中国古典文学，而且把古文引用得较好的。

由此还可以看出，她是秉承了文人墨客较为奉行的"读万卷书，行万里路"的，这也充分说明她不是书呆子，而是一名思想活跃的既能努力读书，增长学识，同时亦能结合实际，学以致用的新型知识分子。

邱轶毕竟是从异域学成归来的管理学博士，其作品中也有一些篇章，不仅是关于旅行和诗歌的，更多的是关于阅读和思考。无论是从新闻到文学，是在国内还是在异域，这位好学的博士一路走来，她欢乐过，痛苦过；她思索着，感激着。她品着绿茶，掩卷沉思，她读书走路，吟诗作赋，她在激越的青春中遐思逸想，让自己的文字恣意飞扬。

邱轶说："悦人先悦己。""重要的是，这些文字已深深地镌刻于我的生命深处，值得我自己重视。"

我想，尽管她的首部文集文字清丽但略显拖沓，明显存在些许模仿的痕迹，学生腔调也较浓，但瑕不掩瑜，这毕竟是她在文学大道上迈出的第一步。"墙头花，红且白。"邱轶是聪明的，更是勤奋的，她的路还很长。此时，兔年的春天，她怀揣希望、理想和欢喜，站在温馨的阳光下，让每一个文字在心头发芽、绽开，犹如春天第一束花，在其青春的墙头上，抒写着记忆，弥漫出纪念的清香。

（作者石野，曾任《南方都市报》《京华时报》等报刊编辑记者、采访部主任。现居北京，任某法治月刊执行主编。出版散文小说多部。）

# 目录

## 国内篇

## 国外篇

武曰仿雨并取者不
将独自喧寻隔书图
寄岁林下仁是與
人也日番
王寅师赋

国内篇

# 武汉江滩

　　文化是自然的人化。美学理论将美的形态分为自然美与艺术美，二者之间的区别在于艺术美直接凝聚着人类劳动和智慧的结晶。"为什么我的眼里常含泪水，因为我对这土地爱得深沉。""水是眼波横，山是眉峰聚。"……长三角的浩渺潋波亦诉说着人类社会实践漫长历史中审美主客体关系的建立。

　　"君住长江头，我住长江尾，日日思君不见君，共饮长江水。""故人西辞黄鹤楼，烟花三月下扬州。孤帆远影碧空尽，唯见长江天际流。"历代文人对长江的情怀囊括着至死不渝、万死不辞的景仰。长江是中国第一长河，世界第三长河，全长6300多千米。其发源于青藏高原唐古拉山的主峰各拉丹冬雪山，干流所经省级行政区总共有11个，自西而东依次为青海、西藏、四川、云南、重庆、湖北、湖南、江西、安徽、江苏和上海，最后注入东海。长江支流和湖泊众多，旅游景观十分丰富。

亚里士多德认为自然环境是物质世界发展的第一动力，而孟德斯鸠在《论法的精神》一书中阐述了关于社会制度、国家法律、民族精神系于气候本性和土地本性的观点，也系统地提出了地理环境决定论。地理环境的多样化决定了精神文化的多样化。早在春秋战国时期，我国各有特色的区域文化已经大体形成，长江流域上游为巴蜀文化，中游为楚文化，下游为吴越文化。

而我则成长于长江中游的楚文化。我的成长历程沿着长江流域，也还算简单明朗，铁轨一站站的，总有些穿江而过的时刻，让我觉得离家并不远。

## 1. 武昌江滩

回武汉以后习惯了每周看一次电影，看完再从户部巷走到武昌江滩，阳光很好的时候，河流金澄澄的。

不在海边的日子，听听江水也是美好的，我很想找个拟声词表示，从 a o e 到 b p m f，还是哗哗吧，如果不是 h 的清舌根擦音……就是法语中哑音 h 的演变……

喜欢什么风景，就要深究，我就是这么单调无趣简单执着……

我想去一个温暖的海边待完整个寒假，厦门也好，泰国也行。研究一下海怎么发音，江怎么诉说，有没有什么不一样……

## 2. 浏览封的城

五天了。每天卧室厨房书房，与外界的联系就只有门口的丰巢和山下的超市。

一般五个工作日就算一周，所以特别想走走散散步……本来想去武昌江滩逛逛，父母极力反对，他们就我一个女儿，为了老人们脆弱的灵魂，我忍了。

山下的街上，我除夕买酒的那家超市也歇业了，灯还是亮着……本来老街是狭窄拥挤的，这几天忽然觉得空落落的街道很是齐整敞亮，微雨涤荡之后还有点文艺了，所有的烟火气都散尽，只留得老街入骨的浸润。

如家，银行，药房。别处都是不营业的，就它们还在开门。我承认毫不润色的摄影水平只能勉强写实，并不出众的画面看起来莫不寻常而庸俗，但是于我，却是一种有温度的美，饱含了岁月的穿梭与停泊。

我从未见过粮道街空无一人，见过之后，竟然爱了。我见过无数次高校人来人往，空城于我，只是常态。就像等到海天一色的某个瞬间，或是像潮汐退尽的某处沙桥，最陌生的一点熟悉。

### 3. 江滩日月

很多时候，看着一澎汪洋，就想埋进去……海水也是，江水也是，湖水也是。不因为欢喜或是伤悲。我游过几处海，除了马来西亚的骷髅岛太过湍急只敢沿着岸边扶石而行，深不见底的黑暗神秘不能诱惑我，诱惑我的，只是澎湃。

我到江滩来了一次又一次，此处最伤心的人不是我。我无所谓，和我到过江滩的，迟早都是别人家的，我已经习惯了。

海阔凭鱼跃，天高任鸟飞。江边飞鸟还是有的，它们和我一样向往自由，关不住的。艳色的夕阳散开，目之所及一片粉色晕开，江上桥上船上楼上，一层层的，渐进色把城市装点得格外好看。

月亮一点点亮了，弯弯的笑脸一般，给蓝到灰色的天上淡下去的云，点了睛。

我在这里看着看着，不舍归去。

爱不爱情，有什么关系，走走看看，风景越来越入我心。

## 4. 不够爱的蜡梅

春天还是该有春天的样子，封城锁家的日子，有一点阳光，我就稳不住神。

家里的蜡梅香了很久，却是不喜无感，花该有花的样子，娇滴滴的、鲜艳艳的、柔柔弱弱娉娉婷婷，蜡梅不是，太土腻，太陈旧，太厚重。糊糊搭搭，也不清爽。

前几日，阳光奇好，对面的猫猫狗狗都万物复苏般慢慢踱步，很多年来，那只白色的加菲总是在那里，我看书，她看我，我看她，她看我，我看一个小时一动不动，她也看一个小时一动不动，我看一天一动不动，她也看一天一动不动。我觉得她出门了，我也要出门。

走到江堤旁的时候，我嗅到一阵浓烈的芬芳，定睛回望，还是蜡梅，一树的不显眼，却是狠了命地蔓延了整片的冷梅热香。

同学会时留在家里的啤酒喝完了，我只好骑了我的小电动车去超市。路过母校湖大，我还在看合伙人大厦，我还在想一些人事，又是一阵强烈味道，我知道，还是蜡梅。其时街道上冷冷清清，初春的感觉很淡薄，小小的雏菊单调的黄，浅浅浅浅的，撑不起一整个悲伤的春天。

回家以后，我再看看，还是不好看。前几年淘过极珍贵的花瓶，看上去还贵气一点。但家里吵吵闹闹的，都砸碎了。剩下的普普通通的瓶子，配了普普通通的花，也是合适，就是心里挥不去那抹印象。怪我，还是怪我。

## 5. 武汉关的钟声

上午的时候，24楼的办公室有一整面的窗，能见度还是可以的，敞敞亮亮。清清爽爽不刺眼的阳光里，感觉天不是那么远，城市干净通透，高楼有高楼的气派，低楼有低楼的规整。很意外的是，我居然听到了武汉关的钟声。

朋友告诉我，平日里是听不到的，武汉寂静了，钟声就有了。我知道作为一个成年的武汉人，我应该先写一大段忧伤的文字。作为一个伤春悲秋的弱小女子，我也应该一如既往地沉溺一阵时间肆意流淌的青春阑珊的惊慌。但是我想写的是，我感到的竟然是如同儿时听到祖父家古董的座钟和少年时校园的铃声般的振奋。

我知道，不是城市不是国家甚至不是任何的区域街道或者家庭需要我，而是我需要做点什么，哪怕是再微不足道的细碎。

## 6. 花间一壶酒

"花间一壶酒，独酌无相亲。举杯邀明月，对影成三人。月既不解饮，影徒随我身。暂伴月将影，行乐须及春。我歌月徘徊，我舞影凌乱。醒时相交欢，醉后各分散。永结无情游，相期邈云汉。"（李白《月下独酌·其一》）

　　如果没有这一江水，我怕是活不下去。站在水边看江水漫延，就感觉好幸福了。阅江廊我最喜欢的一处屈原像那里，也已经封栏了，保安大哥并不凶地说，你还不回去啊，我只是笑。他也不撵我，但是隔着栏杆，听不到春江水拍，我是不愿意的。

　　整条沿江的绿堤，花都开好了，红的茶花，橙的菊花，黄的迎春。有没有人观赏，她们都开好了，一簇一簇的，挤挤拥拥的。还好有我，我会记得这个春天的所有存在。可惜通往水面的路也是全封了，我和那些小野花一样，隔着江滩，伫立着。

　　两岸的楼还是灯火辉煌，"中国必胜""武汉必胜"的字很大，我却是一天一天的，看不到边。船上有一阵阵的声音，我的华为 P30 很给力，我看到是两个黑衣服的年轻男子，我不知道，他们守着不会开的船还住里面，是为什么。

　　大桥上的火车也还是行进着的，可惜谁也不能带我去我要去的地方。

　　酒快喝完了，我还得回去了，流水账记着的感觉，总比凝滞的好。这一江春水哗然，莫不是我仅有的慰藉了。

### 7. 我要活下去

　　我再一次出门逛江滩。今天是我确切地知道疫情要到四月，这种感觉，让我一度想骑车去荆州。天真如我，太乐观，我一直以为熬到二月底就差不多了……

　　我此生从来没有争取成功过什么，有工作还好一点，夜里翻涌一下情绪也就可以了，没有工作的时候，每一秒都度秒如年。

　　我看的书也是不少了，这几天是梁凤仪的《我要活下去》，各种文本都劝诫女人要坚强。但是，这么多年，我学会了不像祖辈父辈的女人们一样，为个谁不回家就睡不着，电话一小时一小时地打着，怪嫌弃的。但是我还是做不到……四个月啊，人和人的差距不需要100天，随随便便的，就隔成了天堑。我心里慌。

　　此生我也没做什么有担当的大事，第一件莫过于母亲患肿瘤的时候辞掉省委的工作去赚钱，后来确诊为良性并很快好了，我的钱买了葛店的房子。第二件莫过于我的小加菲，为了救她，一周没睡的我疲劳驾驶撞废了一辆车，还好，我们活着。

　　此时此刻，涨潮的江水已不见月前的石滩，只有短了很多的石级泡在永不停歇的江水里。

我知道，我也得趁这四个月做点什么，固化我赖以生存的学业和事业，但是，思念一如漫无边际的江水肆意流淌，再年轻一点，我会豁出去，骑行回去。但是我没有。

像我这样感性大过理性太多的人，要怎么样抑制，才可以安静地看书，我想，只能是，阅这一江水，缓缓成长。

### 8.孤星血泪

今天开始看《孤星血泪》，压抑得不得了。

疫情相关的也不想写，萧红的提纲写了就搁在那了，志愿者那边酒店住满了，我也没有车，没办法上下班，也就不能复工。我的专职司机也被安排了其他任务，总之，我就那么晾着，那就晾着吧。

江滩还是那样，每天都一样的不徐不缓，有几艘船过去了。我偶尔会情绪波澜起伏，想些有的没的，但是事实是，某种意义上，我的顺当生活，是用我很在乎的命换来的。我本应珍惜得更慎重一点。

可是轻浮如我，沉重都不过玩笑戏谑一般，就那么淡淡而过。

我看着对江楼房的灯闪闪烁烁，没有星星的时候，它们闪得挺好看的。我的记忆和感情还是停滞的，我的悲伤却是与日俱增的。虽不是"江枫渔火对愁眠"，毕竟只有我一个人，或许那万家灯火里也有某户人家，也会有我听不懂的哀伤。

我真的很想找个出口，某条出路，若是顺着一江水游到上游也好啊，我还要等太久太久，遥遥无期……

### 9. 永隔一江水

"我的生活和希望，总是相违背。我和你是河两岸，永隔一江水。"

这几天脑海里一直浮现这样的歌词，今天总算找到歌词的出处。志愿者看江，总是合情合理合法的，也多了几分底气。那几个兵哥哥也能保障我的安全，我就壮了胆子多喝一点吧。

重温了很多遍的"十日谈"，在疫情期间的武汉再读，更是难忘。论文改了十几遍，改不下去就在江边喝酒，喝完回去再改吧，总不是一辈子的事。

今天的心情和大多数时候一样，没有大悲大喜大起大落。今天的江面也和大多数时候一样，翻涌着一成不变的调子，荡漾着百转千回的涟漪。今天的桥面也和大多数时候一样，穿梭着稀稀松松的车列。今天的楼面也和大多数时候一样，闪烁着夹红带白的灯光。

再平凡不过的一天，因了这围城困道的局势，呈现了自由自在的可贵。

## 10. 路上

本来想先上班再写几句，这梦一般美好的情景若是不记下来，我怕就找不回来了。

珞珈山的鸟儿真是太可爱了，一路欢唱着，很是动听。叽叽喳喳啾啾吱吱的，摇来摆去地雀跃，也没个队形了，见着人就是那么一窝涌出又各自散开，像放着烟花似的，撒播着欣悦的气息。

我从巴山茶馆来的时候已是欣闻了许久，忍住了抒情的冲动，等到了武大，怎么也是忍俊不禁，大好的生态，大好的春色。红的牡丹杜鹃，紫的蝴蝶兰，都是那么惹人，连那黄的褪了色的玫瑰，也是怜香的，那抹淡得好像被雨水洗薄了的鹅黄恨不能是泛了白。再看武大的校训——自强、弘毅、求是、拓新，字也似洗过的，却很清真干净。院子里小株的梅，点点玫红、桃红，好是呼应。

东湖的好看就不用我着墨了，武大的樱花应该还没这么快，我还得赶紧去上班……

## 11. 烟波江上

论文还差六百字，不太心忧焦虑了，就想趁着下班回家在江滩完成。风很有些大，还是回去再写。

风很大的时候，江的述说是呼呼哗哗的，漩涡圈圈层层，有井口那么大，比井口更大了。桥上的灯五彩纷呈跳着转，闪闪烁烁的，对岸的楼房也是，没那么多彩色，但也是亮亮堂堂的。

有的树上开了花，长得和菊花很像，但一定不是，我也没太探究它的名字。有的树叶已经全换了，还是婆娑着，把观景台 6 米高 20 吨重的纪念碑衬得更是繁厚了。

我该回去看书写论文了。

## 12. 莺飞草长的江滩

暖风和煦，江鸥翩跹，风不大水流却兀自湍急着，有时拍在石级不肯退去；有时推出很长很长的涟漪，这里一段那里一段，划得一片耀眼；有时在江中心反反复复地打着转，不是漩涡，一定不是，太温柔了……

水涨了很多，喜欢的小螺都快找不到了……

有穿得单薄的警察下到水里清理疏通，后来又有两位在岸边守望他……我们有干净水喝还是很不容易的啊……

## 13. 有什么不好

还是这一江水，季节已是初秋炎炎，我把朝阳的鲜妍柔粉记着，一色浅烟灰的全境素淡了希望。不似春江万家楼宇灯火的照亮，不看不想那朝阳，素描也是够了的，静谧的凌晨五点的江城武汉，难得不动声色，有我喜欢的、不张扬的简单美。

隔着涨潮的堤，我听不见秋水的诉说，江流还是不徐不缓不见湍急地流淌。大桥上车一点点多了，我知道，只要我愿意，我就可以到江的那一边。如此，谈不上好坏的自自然然，只因了疫情期间的无处可寻，自自然然的通畅就是好的了，就该是珍视的了。

窗外一群一群的鸟，没有什么队形地齐整着旋转着飞舞，一圈小一点，一圈大一点，一圈再一圈，就飞走了。有处楼顶上的男子，一圈一圈地跑着，跑了很久很久了。楼下街上的行人，一圈一圈地多了，一圈一圈地走着，一圈一圈地满着街道。

一个无所谓差别的一天，就是这样不经意不特别地开始，有什么不好。

## 14. 热闹江滩

没有停不了的雨，没有亮不了的夜，一起用笑容跨越过去吧……

海底捞买单的发票真是喜欢，再看完《花木兰》，还是到了江滩。

终于不是之前我一个人的江滩了，多好。秋天的江水湍急了很多，有的漩涡还很大呢，万家灯火桥上交通都不寂寞了，左右四顾再不见茕茕孑立的孤人。

有人说我是可以共苦不能同甘的人，如此繁华热闹甚好，再见。

# 昙华林吾乡

## 1. 昙华林

　　昙华林，我居住20多年、读书12年的地方。昙华林家家户户多小型庭院，栽培昙花，故名昙华林。

　　这短短一条街，有着毛泽东故居、钱钟书故居、翁守谦故居、石瑛故居、恽代英故居、曾卓故居，等等。

　　我想写个感性的端倪来，外祖父母的大宅院子我是住惯了的，儿时至今昙华林小学的里街并不拥挤，一条街就那么三四户人家，都是大宅院子的四世同堂，并不是如今主街这般寸土寸金的挤挤攘攘，也是不冷清的，只是不用合群、孤芳自赏的惬意，文人和故居，爱的不外乎如此。

　　绣花针、门环、江南、泼墨、墨隐、天青、烟雨……一段《青花瓷》，够我借来写灰调阴雨的昙华林了。

　　山路，哪怕是再怎么平坦的小丘，都是蜿蜒的。所以昙华林的街头巷尾，并不十分地规整笔直，阡陌交通不似"回"字的呆板，再固化，也更似"Z"字的阶梯。它的蔓延，是素描排线的流畅，并不是按着训尺那样生硬的笔画，而是自自然然地随着性情的，并没有什么机械程式。水墨更好了，毛笔峰回路转，轻轻重重的层次就分明得很。砖呀瓦呀顶呀墙呀地呀，都是本色的，灰砖灰门楣的多吧，昙华林 32 号的刘公馆那样的，红砖红瓦的也是有的。红木门或是红铁门都是有的，像翁守谦故居那样，狮子头门环插销个锁，便是一花一世界的个人天地了。我家隔壁的钱钟书故居本来长年累月锁着的，今年竟是迎来送往地做了钱园私厨。钱园入门长廊宽裕，留了落轿的空间，内里持存了主柱承梁的跃层楼阁的三室一厅，很有清代后期的精巧，私厨精烹也正的，游人不解其中味，并不络绎，却是极品绝美。我情不自禁想起读过些许的《围城》，忘了抱憾而终的爱情，还有让我笃志笃行的那句，"唯有学中国文学的人非到外国留学不可"。钱园背后的街区，正是我家门前的里街了，邻里都是大宅院子，一道街上三四户人家，疏离感很好的，君子之交并不需要太过世俗的热络，也不为周旋市井，牵不牵挂惦不惦记，都保留些许的分寸感。如果门对门是尴尬的事情，那就走侧门。一直敞亮着大门当然也是可以的，反正庭院深，不刻意也是望不尽的。

灰调阴雨的昙华林就是很清丽俊秀的。我住的四面环山围抱的大宅院子简简单单，灰白的青砖墙面，有我喜欢的古籍封面的质感。瓦当屋檐留多些，再备个雨棚也是有心有意的，延长的檐帘是往下推开的，像垂了眼帘的美人，暴雨初歇，忽地抬了眼去，一际的阴郁灰白的天色融着一汪瞳水的楚楚可怜。

其实我一直觉得我长得古色古香，但也说不出个究竟来，我想那江南古镇老街的缠魂，不一定是那小桥流水乌篷船吧，还应该是屋檐雨棚小轩窗，金莲同学的撑窗故事都是家喻户晓的。那个古窗是很好看的，你不撑开，他上不去的。所以古镇老街的雨棚是极有特色的，由于多雨，一排排奄着，很有韵味。你非要把那雨棚收了去，再无江南古镇。

窗外下着雨，写字楼的落地窗是听不到这种声音的。好亲切，我从幼时开始数着这种滴滴答答，总也说不出个喜欢的具象来，后来知道有个词，梨花带雨，花季雨季，就觉得美得很有代表性。这噼噼啪啪通通透透利利索索的雨声，却藏了湿湿答答氤氤氲氲云里雾里的情境，我自然是上了心头记了的。一楼的好处，阳台的好处，可能就是用来记这词不达意欲说还休却孜孜不倦的绕梁吧。我没有乡愁，我没有恋家，我只是怀念这二十多年的雨滴。我在家待多久也是不一定的，我本来想写这一段，寻思着并无多深意，就罢了。后来看到人家的文字，说出来玩不是旅游是回家，那还是加一笔吧，毕竟，吾心安处是吾乡。

　　身后的山丘我很久没去了，这四个面都是不一样的，有那么一首歌，陶喆的《寂寞的季节》，他写的是"风吹落叶，爱忆堆叠，树梢花蕊，暖风的夜"。正合我意。所以，我喜欢的还是正面的风光。那棵泡桐树，泡桐花语：永远的守候。树是高大挺拔的，缀满了泡桐花，似温柔几许的百合，像着白底染透朝夕粉紫的公主裙的姑娘，也是清芬幽芳，和着叶片秀美粲然，铺了漫地的婉约。也有几枝丫新碧的，错落交致，也是好的。远山墨色一迹淡下去，层次感很是深邃。山路的入口有幻境灯光，仿了故时轩窗泛着江水湖光的波纹，像瀑布一样落落的，一帘秋水化落了一地。

　　还有什么值得炫耀，一帘秋水化落了一地。

## 2. 从昙华林到十四中

我对幼儿园、学前班只有零星的记忆，所以只能从小学开始了，小学、初中、高中我都在昙华林这条长街，在我的外公外婆父亲母亲管辖以内。每天，我拨弄着门环摇开外婆家的大门，和哥哥弟弟抢酸辣土豆丝。没有想到，真的没有想到，周杰伦唱的竟然是"门环惹铜绿"，我以前把它称为门把，差距啊……同理，后来我喜欢上了一辆很好看的车，我的同学说，很有未来感，甚是精准吧，冷冰冰的科技感不足以打动我的，打动我的是异曲同工的"未来感"这个深入我心的温润词语。好好读书，就会觉得，一切的平庸都不是平庸，而是平凡。一切的简陋都不是简陋，而是简约。一切的经历都不是经历，而是经典。

这一路有太多是我父母给我的，我还能看见那一路的起伏。那时觉得从昙华林小学到武汉市第十四中学的路好长，一个中午都不太够啊，而今，如果问我，我会兴高采烈地告诉你，一刻钟吧。就是这样，儿时遥望人生很长，如今回望人生很短。我还能看见父亲的背影，他骑着单车送我，从不喘气到喘气到下车推着走，然后是偷偷地跟在也骑单车的我后面，防止小男生送我回家……我的亲爱的母亲为我付出了很多，她是个优秀的知识女性，接受过高等教育，爱好博览群书，常常带着童年少年的我到离县华林最近的武昌区图书馆，所以我也算看过些书。她就是这样一位文青，后来只读我的日记，每天偷偷地读，带锁不带锁的日记本都读，提前下班读，午间休息读……可怜天下父母心。

我也有欣赏和喜欢的人，男生女生都有，他们有让我走近的吸引力。我最好的几个朋友，他们的气质、思想，好些我至今难以企及。虽然他们有的离开我了，可能是我没跟上他们的脚步，但是我可以在别处，开出自己的花。我知道活着是残酷的，假如在我半死不活的时候，在半入泥土的地上非要开花，非要长草，风一程雨一阵的，那就开花吧。玫瑰有玫瑰的美，薰衣草有薰衣草的香，茉莉有茉莉的甜，桂花有桂花的浓。我喜不喜欢我自己，爱不爱我自己，不是别人的事，是我的事。芬芳不芬芳，不是谁的事，是我的事。我的朋友们都在秋天生活着，我在春天挣扎。无尽盼望，从未收割。别问我疼不疼。

我永远不可能是最好的那一个，但是我从来不曾倦怠，我最好的年华，不曾虚度，当然，结局本来应该更好的，如果没有逞强跟跑大病一场。那一年，雷填填兮雨冥冥，那一年，小雪散散。

### 3. 十四中师生

当成长和成长重叠，这就是我想纪念的最初的美好。行至钱园遇到嘱我写昙华林的高中历史老师张新强，很是惊喜。本意欲专程去校园拜访，疏离太久的我总是寻不出个同行来。突然的相逢，因词穷而感慨万千。

我们的武汉市第十四中学还是很值得炫耀的，这是一所创办于清光绪二十九年（1903 年）的现全省十八所重点学校之一，革命先驱宋教仁、共产党创始人董必武和陈潭秋、科学家李四光、文学家黄钢和严文井、工程院院士胡正寰都是我们的著名校友。郭沫若也曾参观位于学校东区的抗战"第三厅"，即 1995 年定为市重要文物的"第三厅旧址"。同年邵逸夫捐资建成"逸夫教学楼"，"逸夫楼"现为"庆春楼"，为纪念校友陈庆春院士而定名。

想起前年，十四中高中文科班终于建了群，常言道：三个女人一台戏，那么多女同学，戏份太多，我忙着追忆各种故事，各种叙旧和展望……

忽然看到她们写的男神老师，也想写一篇，竟然是很难了……随便一个发朋友圈的女同学让我写个三五千字都是再容易不过的事情吧。但是，我还是要写的，这是为什么呢？我需要跟风吗，我需要吗？我需要合群吗，我需要吗？我需要纪念吗，我需要吗？我需要感激吗？感激是一定需要的。

我们文质彬彬的张新强老师，按他自己的话说，有人说他像瞿秋白，还留了鲁迅的发型。这个自画像似的描摹，比我原创的好得多。我对于男人的外貌描写还停留于几个笼统的无差别词汇，比如那时李欣同学力荐的哲同学，他夸赞其温文尔雅；比如那时孙龙同学热推的袁同学，他称其干净；比如那时杨郁同学评价的谢同学，暖笑专情的；比如秦雍同学特捧的罗同学，就是一个字，帅。尽管花痴如我，怎么可能去打量老师长什么模样，于我，张老师可能就是戴着显得温文尔雅的眼镜，穿着干净的白衬衫，讲课认真、热情饱满、激情澎湃、特别帅。

热爱是最好的老师，这一点文科尤甚。活灵活现地把枯燥无比的年轮复原，真的是需要极高的造诣。虽然我们的男老师普遍普通话都夹带着一丝丝很有趣的方言，我们也总是就着那点儿模仿着，也是很有味道的。

张老师说我们班那一年是区里第一名，八班李欣单科是市里第一名。同学们纷纷惊叹他教了那么多年书，那么多学生，竟然还能精准到各位。我不由惭愧，又欣慰不已：第一惭愧，如果没有我，团队会不会是市里第一名；第二惭愧，对我的学生们，我还真是很有些偏心的。

从高一至此，确是有十年之余了，给我影响至深的老师太多，联系的寥寥。有很多时候很想回去看看他们，总是寻不出什么契机，我又不是那种喜欢组织聚会的人，不凑成一个小团，太刻意的话我也说不出来。大恩不言谢吧。

末了，还是情不自禁必须加上一段李育杰老师任命我为未名文学社社长的事情，以我这样不热衷任何职务又没有什么特别贡献的人而言，被安排个头衔去参加各种学术会议活动还是极为孜孜不倦的，不然哪里找层出不穷的创作源泉，天赋这种东西，总归是不能浪费了，物尽其用人尽其责，给我的就该珍惜，就该竭尽所能去维系，也算真实见证吧。

都说人是会变的，仔细看看想想，很多人也没有什么本质的变化，挺好的。大家都是，不忘初心，挺好的。

# 户部巷

户部巷，乃武昌城内一明清古巷。此巷东临藩署，为户部驻省机构，管理户籍钱粮／民事财政。尊称户部官员为户部，为昔日官场礼仪；直认衙门名头为地名，乃旧时民间习俗，户部巷因此得名。此巷古往今来，舟车络绎，人声鼎沸。小巷人家勤劳巧作，汇江汉五粮，天下干鲜而精烹细调，以鲜、香、快、熟之味早点惠及熙攘人群，声名鹊起，经久不衰，迄今，择此过早者年逾百万。被誉为"汉味早点第一巷"。

太冷清的地方，要沉浸很久才有只言片语，太烟火的地方，会让人忽略浅淡的景致，倘若熙熙攘攘的人来人往中，忽地凑着某些痕迹，总是太刻意矫情，薄面的就罢了，真是在意的，也似乎突兀得可以……而我，总是不合时宜。通俗一点，就是作。

生活了许久的地方，换了新装还是会有欣喜的，即使我更喜昙华林。昙华林的那篇初稿大楚网就录了，户部巷就不想下重情了，就像感动着别人的故事，还轮不到我的影子。或许有的吧，我快忘记了……

如果家只是房子，街坊就只是泛泛之交，周遭总总如陌生。假如好一点，一厢情愿一点，家只是居所，街坊就如相逢，周遭总总如过客。再用心良苦一点，万一家是家，街坊如知交，周遭总总都深爱，再看户部巷，自然不一样。

其实户部巷入口的"编钟"我是熟悉而喜爱的，开卷画壁的温文尔雅文质彬彬，我也是一贯向往的，简单灰的冷暖柔情温存了老宅格调，一脉蔓延至江阶，清一色的磐石色。

食品该怎么写，专业一点写味蕾，太别扭；矫情一点写乡愁，太浅薄。不写了。

我要画一幅不通透的惨淡，我就不用清醒，拼尽全力热闹旋转。

户部巷的古街气息到了傍晚才多了些许写意，我以为素描是不够的了，太不生动，水彩也是过分了，非要水墨恰好可以传神。白墙黑瓦的房子本来就是好看的，满街的小商户使色调饱满了，烟火市井也并没有什么不好。黄鹤楼和长江大桥都若隐若现的，好像略带着羞涩的姑娘，我越是靠近，越是览不尽。

江滩的灯光秀也来不及看了，户部巷也围着，拍不出个古朴来。雨那么大，陪我成长的一江水，也无暇听其轻述或是澎湃。

每次累得半死总想去卖菜，随便哪个乡村小田园，小白菜或者豆芽菜……

# 东湖听涛灯展

## 1. 春

仲春之日，春色中分。潋滟湖水恰柑橘赋橙红，近新衣予浅粉。我就在这样温柔而深情的时节，再一次伴迤逦华灯一窥实至名归的东湖盛景。

兑船票的大堂播着任素汐的《我要你》，关于一位孤芳自赏的女教师的悲惨小世界，基调有如《庄子》中的"哀莫大于心死"。歌曲缠绵悱恻、清虚婉约，不见凄厉忧郁。又应庄子，"朴素而天下莫能与之争美"。

灯海遍处，回首泪光铺洒，转身漫山花开。我爱这一树一树的花开。

步入"我以我血荐轩辕"的鲁迅广场，我是景仰的。祥龙抱福、女娲补天、仓颉造字，家书四壁的人都会有这样基本的有意识记忆和认知结构。毕竟，"性痴则其志凝，故书痴者文必工，艺痴者技必良"。

　　行至"落霞与孤鹜齐飞，秋水共长天一色"的长天楼，想起我爱过的中国文学史。共情刻骨悲怆的是唐代诗人李白和他的《黄鹤楼送孟浩然之广陵》；灼灼悲啼的是唐宋八大家之一苏轼的《明月几时有》；醉死梦生的是元朝"愿天下有情人终成眷属"的《西厢记》；倾情还休的是明朝"情不知所起，一往而深。生者可以死，死可以生""良辰美景奈何天，赏心乐事谁家院"的《牡丹亭》；无眠断念的是清朝四大名著之《红楼梦》。我只是随意念了几句。

　　转到碧塘观鱼景点，沿途都是各种水生动物的造型灯，想起庄子那句"泉涸，鱼相与处于陆，相呴以湿。相濡以沫，不如相忘于江湖"，我恍惚而心疼。前方的一组天高任鸟飞动态百鸟朝凤，我想起看过的一部电影，对此唢呐曲有些忧虑谨慎。

　　尽管，生动才好看，栩栩如生的逼真是文学的美感。《荷塘月色》的层层莲花，水灯营造出的月亮倒影，幸福之城地标性的建筑美轮美奂。我明白有些记忆或许是无法言传的，但是这些经历肯定会进入大脑的树状结构，伴随我一生。

　　返程时异国风情园的东湖绿心，洒满了璀璨的星光，许多各色肤色的游客也在观灯。还有一些生旦净末丑的京剧人物，印象极深的是一个笑中带泪的丑角。这世间任何的成年角色，谁不是含泪微笑，生活的艰辛苦楚，每个人都还有漫长的人生道路去面对。

一路飞鸟伴蝴蝶，你是鹓鶵于深林，你是庄周梦蝴蝶。

## 2. 秋

本来想在东湖"寻花问柳"写生一幅柳梢飞燕图，电瓶车不给力……修车一小时已然夜色笼罩……

武大门口的东湖还是好看的，一树一树映着各色灯带，车水马龙地行进着，投射了斑斓的流苏般光柱，垂入幽深的湖水，很是生动有趣。对面的彩球翻耀着，像舞者蹁跹，我乍一看以为是摩天轮，细看却不是了，那姿态有如科技之光的各面欢悦，一会儿像凤凰，一会儿又像孔雀……

半轮月似被切割般齐切切的恰落了一半，硬生生的轮廓，有一种故作坚强的残缺饱和美……

季节还是那些个季节，冷不到我也热不到我，但是我承认也好不承认也好，就是容易被冷到或者被热到，就是这么悲惨。人吧，一旦容易被冷到或者被热到，就不再是个单单纯纯简简单单的人了，就不再是可以不懂事可以没心没肺可以被毫无顾忌地原谅的了。

秋天就是这样吧，灌进身子骨里的风是丢不开的了，染足了季节的温度，我躲都躲不掉的，是哪里的足迹哪里的风紧，我都是不确定的，但是就是软软绵绵了动机，鼻音遮都遮不住了……

袭人的不是寒意，只是盼得到的放不下的花香。

秋色果然是让人惊喜的，春色热闹的只是花花朵朵，叶子都是千篇一律的，花朵是美丽的，但是一点点小风雨就落得残花败柳之嫌，好景不长的。

秋色就厉害了，花朵也是有的，叶子就够好看了，它要红配绿也是自自然然的，它要橙黄也是不凋敝的，它要千姿百态也是可以的，铆劲长得直直挺挺那是栋梁之材，长个爱心形的奇葩才真是让人欢乐啊。

半衔远山半围柳，淡湖清翠是微微漾着的，咕咕沥沥的拍着曲着的小桥，秋日暖阳投射的光写意地绘了影影绰绰的轨。洒下的松枝影儿漫着那影绰的轨，圈圈缠缠的，像新刨的木屑落寞着枯悴前最后的美。

# 茶港琅凌波

或许，可以说，武大于我是一场意外。

如果不是顾海良校长的题字"止于至善"，就不会勾起我暗涌至深的情绪；如果不是六一纪念碑的典故，就不会浮现出那坎坷蜿蜒的脉络；如果不是十字路口的鉴湖路标，就不会知道在时间的洗礼中唯一不变的初衷；如果不是鲲鹏广场的雕塑，就不会爱惜自然界的珍贵语言；如果不是樱园与日本有关，就不会掠走我温室幻境的美梦；如果不是老图书馆旁首任校长王世杰的半身雕塑，就不会令我沉了心境含恨坚持；如果不是传播学院那相机集成的红色球体纪念，就不会令我嗅到林荫尽处桂子遗香。正是这样，这一路，我才走进了人文馆。

我是什么时候开始对你有感觉的？或许，从你发给我学生证的那一刻起。我听见似曾相识的声音念出我的名字，那颤动恰如盛夏午后木蝉幽鸣，那温柔恰似琵琶丛间斑驳日光。在过去那漫长的学海生涯里，我深埋在书香弥漫的环境中，忽略了校园本身。直到那些不经意的风景添了新入的点缀，才令我的遗憾有了欣慰的理由。而在武大，我宁愿慢下脚步，只为端详每一处雕琢的碑文里浓缩的光阴，只为嗅到每一步印下的足迹中泥土的清新。正是这样，我真切地感触到了你的文明。

与其怀念，不如珍惜。

十年树木，百年树人。培养一批人才是如此不易。作为文科见长的高等学府，武大的地位自不待言。依山傍水的环境得天独厚，无不为熏陶出文人雅士注入灵动和神韵。琳琅满目的花海，将高校的学术氛围点染出怡人的景致，令那些太过枯燥的纯理论有了意象的空间，成为生动而鲜活的画面。每当我在三环的法语联盟上课，就不由望望凌波湖上，风光映日。透过我细微变化的脸庞，我仿佛看到湖滨在那潮汐起落的飞溅中不改的平静。

路过的风景盛满我单薄的记忆，唯有吟不尽的诗情铺满悠远绵长的画卷，碾不断的文思脉脉以承。我散下直长的黑发，在惹我失神的位置拍下一组组留影，记录下那些亦真亦幻的纸醉金迷。用我饮鸩而得的熏香，换一境清幽；用我蚀骨而立的悲伤，换一笔神韵。

捧着同学赠的教材，看着老师给的成绩，实在是无语哽咽。或许日复一日、年复一年，我仍然有时跟不上进度，大学四年，恍然如梦。一本本、一次次读着那些课本，总是交织了太多的情感，或许艰涩枯燥的年轮铺展成繁阴润目的生命脉络，真的是需要漫长的灌溉与呵护。很多时候，我真的坚持不下去了，想起那些呕心沥血的字字珠玑，真的放不下。仿佛它们的生命需要我来维系，哪怕我真的深感对不起那么多的厚重。或许，我可以换一记历程，换一场际遇，换一种生活，却不能决定它们是否还能存在于我的将来。想到这些，我就悲哀得不能自已。

我有时也会飘摇不定地寻找各种可能性的倚赖，有时也会更改自己的轨迹，有时也会不太过思量地接受某种恩赐，却对那些和我一样有太多不确定性的书籍有诸般的不忍。倘若它们没有被珍视，实属白过一生；而若它们成全了阶段，又如过眼云烟。我想着想着，心又开始疼。正是亲爱的他们挽救了我的学业，令我愿更恰当地爱惜自己。

无比感谢这么多年培养我的各位老师，因为有了他们对我的教育，我深刻地感觉到如此受益；真诚感谢一起听课的同学，因为有了他们对我的帮助，我美好的学习生涯才得以延续；非常感谢我就职单位的各级领导和同事，因为有了他们对我的照顾，我艰巨的学习任务才有可能完成；衷心感谢我的家人和亲友，因为有了他们对我的支持，我才有那么多源源不断的动力。

特别感激我在武大时的导师汪志远教授和张延成教授，感谢各位和他们一样的好老师在我最重要的年华里给了我最好的教育。大学生涯是我的青春中最浓墨重彩的一笔，作为一名普普通通的公民、职员和学生，我尚未做出多么杰出的贡献，然而，我有幸入了武大的门，我有幸接受了各位老师的教育，我觉得，"自强、弘毅、求是、拓新"的校训渗透在了我的生命中。

尽管，我对专业衔接领域的学习尚待梳理完善，尽管，课程学时数有限，理解不够透彻，好在我的导师汪教授和张教授一次一次地鼓励我坚持和继续我的学业，让我跟在他们一年一年的班级去补习那些我基础单薄的专业课，一遍一遍纠正我的论文的种种偏颇，从论文选题到行文结构，从论据举例到语言风格。学术论文是大学生涯的总结，是我贪恋的这段岁月的全部浓缩的记载和证明。感谢我的母校送给我这样丰厚的礼记。

既然天生我于晚樱缤纷时节，选择武大樱花来纪念我历年的成长，实属荣幸。我不求众里寻他花百树，年轮数转，我只望行政楼前独一晚樱。

武汉大学源于张之洞创办的湖北自强学堂，从1893年至今，有百年校史的武大，每一步都是经典。山水先贤，声名显著。花树成园，诗文成舍，校训成栋。正门牌坊——国立武汉大学，由蔡元培定名，建于1993年武大百年校庆。其正面"国立武汉大学"为书法家曹立庵先生手笔，背面篆体"文、法、理、工、农、医"体现着武大作为一流综合大学的办学宗旨。迎门则是武汉大学的校训碑文"自强、弘毅、求是、拓新"，语出《周易》《论语》及《汉书》。校训碑文背面有大坛双拼色蝴蝶兰，入校那年我填了《蝶恋花》《长相思》《雨霖铃》和《水调歌头》等词，它们陪我过了第一次生日。

频频回首复前行，终到了国学院。今年我最初报考的本是国学，权衡再三，又改回文学本行。紫薇林尽头转弯，可达"武大名园"之一的桂园。"武大四大名园"是桂园、梅园、枫园和樱园。读书期间我兼职桂园餐厅服务员，因同学照顾，受《武汉晚报》采访且报道被凤凰网、网易等多家媒体转载。后勤的老同事、领导大多仍在，我心甚慰。如今最敬爱的导师多已退休，同学也或成家或立业难寻踪迹，留在原地的还有鲜活的记忆，感谢兼职的所有。我看着隔断书架的融入，自作多情地觉得，它有我的风格，像我爱的方式。暂不深究梅园的自习和枫园的实习，我此次的主题，显然是樱园寻樱。

穿过桂园背面是黎元洪之子捐资修建的宋卿体育馆和鲲鹏广场，可到武大樱园。三月末的早樱飘零无几，游人却不减，毕竟赏樱于我而言也只是一个理由，春光艳阳笼罩着的武大本身，才是吸引力的渊源。沿着樱园石碑可见武大的樱花城堡下的日本樱花，是在早年抗日和中日建交时根植于此的。"樱花红陌上，杨柳绿池边。燕子声声里，相思又一年。"每年我走在这条路上，际遇或许不同，感慨或许不同，不变的只有一段一段相思、一段一段怀念。樱花城堡是琉璃瓦建筑，命名"老斋舍"，典故是《千字文》的"天地玄黄，宇宙洪荒，日月盈昃，辰宿列张"，故有"天字斋、地字斋、玄字斋、黄字斋等顺次排开。所谓亘古通今的文化魅力，可见一斑。

随着漫山樱花观至樱顶可及老图书馆，据史书记载，春秋时期的老子为周守藏之史，所以道家的创始人老子可谓是我国现已知道的最早的图书馆馆长。老图书馆的大门上方就镶有老子的全身金属刻像，外形像皇冠，位置显赫，文法两学院犹拱卫皇帝的左臣右相。老图书馆建成于1934年，雄踞狮子山顶，是校园内最高的建筑，东可俯视东湖碧水，南与行政大楼遥遥相望，北可远眺武汉三镇风光。文学院的房檐采用的翘角，寓意着文采飞扬；而法学院则采用平角屋檐，寓意着法理刚正。老图左侧是合并后的首任校长王世杰雕像，右侧樱花状石级尽处是文学院首任院长闻一多先生雕像。大片完好的早樱还茂盛于此，游人纷纷摄影，一睹芳姿。若不是我的专业课在此处挣扎完成，我并不十分喜爱早樱的单薄，独层花瓣太纤细，随风流转，难寻踪迹，淡雅虽好，不见矜贵。浅清飞花，神韵淡漠，不及入世感强烈的晚樱，浅出一份浓烈，像极了文艺复兴的巴洛克，华丽雍容，复调重叠交错穿梭。

再穿过九一二广场，终于到达拜占庭风格的行政大楼，方墙四角重檐，和理学院罗马风格的穹隆相呼应，用西式建筑诠释着中式"天圆地方"的传统。每一栋老建筑的墙上，都挂着一片铜牌，这是武汉市政府为保护优秀名建筑而颁发的。这样的全国重点保护文物，在武大一共有15处26栋，在全国高校中首屈一指。同时，武大还是"全国著名风景名胜区"，东湖风景名胜区的一个分支。享有这两项称号，在全国高校中也是绝无仅有的。而缤纷灿然的晚樱，正是在这样得天独厚的人杰地灵中，年复一年，一直美丽着。谢了苍粉吟柔绿，落了树簌展素绢。

# 我爱这华科大

　　华中科技大学是国家教育部直属重点综合性大学，由原华中理工大学、同济医科大学、武汉城市建设学院于 2000 年 5 月 26 日合并成立，是国家"211工程"重点建设和"985 工程"建设高校之一，是首批"双一流"建设高校。学校校园占地 7000 余亩，园内树木葱茏，碧草如茵，环境优雅，景色秀丽，绿化覆盖率达 72%，被誉为"森林式大学"。

　　学校学科齐全、结构合理，基本构建起综合性、研究型大学的学科体系。拥有哲学、经济学、法学、教育学、文学、理学、工学、医学、管理学、艺术学、交叉学科 11 大学科门类。学校实施"人才兴校"战略，师资力量雄厚。现有专任教师 3700 余人，其中教授1400 余人，副教授 1400 余人；教师中有院士 20 人，"973 计划"项目首席科学家 15 人。

## 1. 凡人灵魂

2019年高考语文有关于"民族灵魂"的阅读题。

我从来不曾忘记临近高考的岁月，我记得爷爷告诉我他接了私活，收入有保障。他告诉我，只管好好读书。他的私活就是画四轮驱动全地形车图纸。

我的人生起伏跌宕，两手空空。看过的书不多，懂得的更是寥寥。路过的人和事翻涌交错，但是我很爱这一记历程。

再平凡的人都有自己的灵魂，所以为人。

## 2. 东九的湖

东九的那丛白玉兰还没有绽放，门是锁的，灯却是一排排亮堂得很，全然全然、不遗余力地亮着。好想好想去上自习，我最爱的华科大，最爱我的华科大，我辜负的各种深厚，我付出的各种浅薄，我的华科大。我还记得某年在东九看《活着》，那一年我备考艺术硕士的双学位，没有钱，卷子做了几本，分数尚可。陪我做卷子的人，我竟然从未爱过。

东九的湖是不是喻家湖，应该不是，但是有水就是好的，看不到江听不到涛声的日子，止水的心境还是很值得学习的。

酒过于甜腻，我也是不爱的。挺好看，只是挺好看，不够滋味，不够热烈，不够畅快，和我一样。

规规矩矩的文章，我不配入正席，自娱自乐的独白还能加了荐，够了。意外的惊喜，波澜多久算多久。

### 3. 鸟瞰端详

武职文传艺考第一名编导班级的大一新生的首秀PPT 惊艳我了……

答题正确率精准高达 80% 就算了，课程论文写个2000 字也就算了，PPT 还能做得比游戏还好看，这个班的学生真是太可爱了……但是压力好大，我不配教他们。

冷静一下，抒发完炙热的情，我还要抒一下故作深沉的情。

遇到好久不见的华科大前同事，心潮澎湃起伏……我好久没有回华科大了，忙忙碌碌的生活也不会让人有什么牵绊，但是一旦鲜活地印入眼帘，不刻意也是情怀。东操我再熟悉不过了，南边的西门子基地我不可能记不住，往东的宏嘉别墅带我连哪面墙有几道痕都清清楚楚，粉色楼群是韵苑，我录的学生一般住那边……高架以东国家光电实验室和小白楼博士楼，东九喻家山喻家湖，什么时候都不可不提，心心念念的。我知道，还有我认识的人在里面上班。

我感慨万千地左顾右盼、思前想后，感觉好像还有千丝万缕挥之不去的存在感，就无比欣喜。并不因为操场宿舍厂房实验室教学楼的美丽或者不美丽打动我，也并不因为任何一处与众不同的风景打动我，就是家珍一般地历数便觉得人生值得，哪哪都寻寻常常，哪哪都日复一日挥之不去。

## 4. 十亩秋英

十八年东一，四年东十，我不在的日子，不必多问，华科大都是越来越好的。但凡回得去的时候，她的变化，都一眼入魂，步步扰心。

堂弟带我打卡东十新开发的商业步行街，我却关注了东十通往韵苑的十亩秋英，当然让我欣喜的还是清真的一排小商户，还在的，一品豆花，还在的，明达眼镜，还在的，名发造型，还在的。

## 5. 素人心

个人、家庭、家族、社会、国家，行行业业相辅相成。衣食住行，我们每天的日常生活都凝聚着自己或者他人的血泪奉献。能力有高低，价值有大小，社会有阶层，物以类聚人以群分。活着本来都不容易。社会浪潮起伏不定，谁愿意被抛弃落入永夜海底。时代的车轮风驰电掣，谁愿意被抛弃跌入无边荒芜。

我爷爷是华科大建校的元老，无心广八路邱家村有十亩良田的私宅，一生清贫。他是华科机械学院第一代，小时候我去实验室找他，他总是很骄傲地指着一堆积木一般的元件模型说，将来会是那样。所以，我应该是光谷最早的见证者之一。光鲜背后必然有巨大的牺牲，我奶奶精神疾病非常严重。从我记事起，她就只会问我，吃了没？她贡献了青春年少、貌美如花、知书达理、家业殷实的鼎盛芳华，半世余生的凝重只剩三个字，不是"我爱你"，只是"吃了吗"。他们毕生的精力献给了国家，但是普通民众如我，体会不到，共情悲怆都轮不到，我们只会无能为力地同情弱者。读光阴荏苒，看日月穿梭，望洋兴叹。

我每次想起奶奶，她给我的印象就是，无论我走在哪里，街上若是有人神情落寞凄迷，长相还挺标致，发型一丝不苟，服饰光鲜得体，怅然若失地伫立着，婆娑成一棵树、一排树、一片树，那就是我奶奶。她若是看到我，会回神暖笑：秋秋啊，你怎么在这里？我会满心起伏，浅浅微笑，哑然无语。轻轻牵着她，送她回家。

席慕蓉在《贝壳》里写道，短暂细小脆弱卑微的贝壳生命体，却有精致仔细一丝不苟的遗存，我们生命那么长，更应该留下些令人珍惜惊叹的痕迹，千年之后也许有人反复把玩，忍不住轻轻叹息，这是一颗怎样固执又怎样简单的心呐……

"兰叶春葳蕤，桂华秋皎洁。欣欣此生意，自尔为佳节。谁知林栖者，闻风坐相悦。草木有本心，何求美人折。"（张九龄《感遇十二首·其一》）"江南有丹橘，经冬犹绿林，岂伊地气暖，自有岁寒心。

可以荐嘉客，奈何阻重深。运命唯所遇，循环不可寻。徒言树桃李，此木岂无阴。"（张九龄《感遇十二首·其七》）

我从小在华科长大，我的人生理想和道路规划从来没有更远大。我对收入没有概念，两三千就足够吧。很不幸的是，我熬了好多年，工资还是两三千。我觉得穷困潦倒，所以破釜沉舟自谋出路出国求学。

活着，总要有些贡献的。宁卖祖宗田，不忘祖宗言。我们骨子里一脉相承的炙热的教育情怀都是一样的。

# 再见光谷八号

半年没回的家，乱糟糟的，我也不想清理，反正还是要卖的。

从毛坯房到装修，选的是那些全套实木玫瑰花欧式田园家具，有小熊熊的图案的防水瓷砖。

窗帘是小清新双层米底，为飘窗定制的猫咪图，我的小加菲最喜欢躺在那里。阳光好的时候，小加菲会偷偷拍我再躲起来，娇俏调皮又可爱。我的梳妆台也是立在飘窗前，自然光扫妆会觉得自己很好看……顶灯是伞状风铃感，有微风的时候，漾得心里开了花。星月吊灯也是温控，冷一点暖一点都是可以的，各有千秋，变幻莫测，很是惊异。小蜜蜂的台灯是泰国宜家买的，很甜趣。

书柜也是别出心裁镶墙设计的，再多书也不会承受不起，素描彩铅水彩都是我彻夜所为，各种小玩偶也全部是一场一场电影以后玩娃娃机赢得的，只要那一个，决然不是别的。勾娃娃的小夹子也是精心挑选的系列，麋鹿系列有 my beautiful life，雪姑娘组别是 love 系列，连挂衣钩也有故事的，比如 "classic bear" 很详细。

小到螺丝钉帽都得印了花纹，一处一处的。我多年的心血啊……卖了卖了，罢了罢了。

《孤星血泪》看了三分之一，看一点就情不自禁想抒情。酒量我是练出来了，早年的时候，多喝几瓶，话就特别多，抒情得絮絮不止，后来，就安静了许多，喝再多，不再喘不过气，不再翻涌沉沦，不再踉跄跌扭，不再幻听眩晕，不再自艾自怜，不再自残自虐，不再醉驾过头，不再排山倒海，就是安安静静地喝完。但愿我的阅读量也能有效地与日俱增，阅读量增加了，是不是也能安静地说看完就看完。

今天物业公司的黄经理很是诚恳地和我讲述了光谷八号的历史，我这个从来小事都执拗、大事都主见不足的人，其实不承认自己是没主见、能力不足才是真真正正的。

很多年来，我都很清楚，房子是房子，家是家。房子我既不想买也不想卖，我远还没有投资的资本，但是家，父母的还是父母的，我的就是我的，我全部的青春，也不过就是这几处，人去不去楼空不空，是我的事，我人尚存，楼自然是不会空的。

一个人要撑城市的房子，撑学业事业家业，真的是好累，谁又不是呢，凭什么就是我死哭穷……每个月上呼吸机的日子也撑过来了，数次滴着血上学滴湿公交车厢的日子，滴透整床厚席梦思的日子，滴湿公司休息室的日子，我不都过来了啊……我怎么舍得……淌血走过的路，都凝在着我呼吸都觉得感慨万分的所在。

我还是得反复提醒自己，不要再轻易放弃，谁又不是一熬到白头了。

这半年我常常想卖掉所有的动产不动产，找个随便什么地方避世，反正沉重这种东西，就像鲁迅写的："楼下一个男人病得要死，那间壁的一家唱着留声机；对面是弄孩子。楼上有两人狂笑；还有打牌声。河中的船上有女人哭着她死去的母亲。人类的悲欢并不相通，我只觉得他们吵闹。"（鲁迅《小杂感》）

我这种人做志愿者最大的好处是自救，看一眼，就知道他们经历的忧郁悲伤烦恼绝望我也经历过以及我也经历着。与其说我微笑了谁，不如说谁勇气了我。

# 荆州古镇

## 1. 粉黛园

本来我心心念念的小镇上每一步都是景，但是最喜欢的还是红砖瓦顶深深松林，繁阴遍洒的野芳裹着木的砖铺的路，美得真实而厚重。但是竟然圈出来做了景区，做作是做作了些，也还是好的吧。才营业几天，我又是最早的见证者了。

倘若早一点点，躺在网红秋千上看看日出，应该也是不错的，鸟语花香，幽山恬静，还有杭州临平山一样漫山新植的绣球花。从前不是的吧，从前都是小小的淡定的小紫花，叫不出个名字来的。色泽没有变，却是大簇大簇地凑了个团似的，有了个我知道的名字。

简单是简单了点，还是不错的，家门口的景区，总该是要欣喜骄傲一点点的。

## 2. 川店镇

一直都很喜欢一首歌《如果有来生》。歌词很简单的："我穿过金黄的麦田给稻草人唱歌，等着落山风吹过。你从一座叫我的小镇经过，刚好屋顶的雪化成雨飘落。"

我每年都会在这个小镇待几个月，风景很好的，自自然然，干干净净，砖砖瓦瓦都那么简单，一步一步都数得过来。我想就这样过一生吧，大家都不信。

这条街呢，有一座小桥流水，和所有的江南古镇一样，流水两侧是人家，桥梁两侧是集市。早年的时候吧，集市上只有政府机关和粮食所，再没有别的。

这两年，竟然有了一家正儿八经的串串店餐厅，一家像模像样的奶茶店，三家培训学校和一个游乐场。关键是，人都是满的。真是令人惊异啊。这小镇上吧，水土是好的，种什么收什么，就是跟商业沾不到边的，好景都长不了，从开张到结束，都是冷冷清清。现在这番热闹繁华，还这么久了，真的是惊到我了。

我就想吧，城镇真是和人一样的，总有人走得快一点有人走得慢一点，总有人百毒不侵或者油盐不进，这个油盐不进的小镇，我就是很喜欢的，就是觉得树也好看，鸟鸣也好听，月亮也近，沟沟壑壑都亲切。

但是这油盐不进的小镇，有了些许现代化的气息，虽然不是我带去的，我还是很喜欢。油盐不进也好，进了一点油盐也好，我都是喜欢的。

但明天我还是得走。

外面的雨特别特别地大，各种各样的大大小小的虫子爬来爬去，乡间已是生机盎然，白天敞开了窗户，晚上就有事情做了，我已经观察了三个小时以上，还是偶有噼噼啪啪的小动静。不想它们伤扰到我，所以必须等它们走得干干净净了，再安然睡觉。

有人会问我委不委屈怕不怕，如此符合大自然规律的事情，我为什么要委屈？如此浑然天成的生态，一点点小问题算什么？城市哪里有一望无际的稻香，古木砖墙都是仿制品，我就是贪恋乡间的朴拙味道，有什么不好？

有人疼的日子天天都是情人节，没人爱的日子天天都是愚人节。有盼头的乡间天天都是苏杭，没盼头的城市天天都是荒凉。

幸福其实很简单……

一个皮球，一片沙堆，一簇辣椒，两株丝瓜，一只螃蟹……

这小镇上一年年热闹起来了，早餐的热干面都可以货比三家了，还有烧烤串串麻辣烫，以前都是没有的。它们都没有倒闭，真是喜出望外。

小镇上第一家 KTV 是如家旅馆和 168 旅馆旁边的时尚 KTV，从开业就一直赔本，招牌还没有撤，真是欣慰。我应该是第一批客人，关键是，每天待在学校的人，谁没事去 KTV 呢，去一次都是过年……

我走来走去就这么点街道这么点生意，但是越来越繁复，挺好的。

### 3. 古荆州

长假里我也喜欢电影《从你的全世界路过》，却仍是四处游走，无暇抒情。很多值得深究的景致，最触动我的，却是姐姐家的一园桂香。后来，漫步荆州古城，听说四季桂芬芳不及只开一季的桂花浓郁，而我恰是喜欢她冷艳褪下的清冷，入月迎秋，秋月静美。

如此，又想起电影里杜鹃饰演的小容，她说，一个人的记忆就是一座城市，时间腐蚀着一切建筑，把高楼和道路全部沙化。如果你不往前走，就会被沙子掩埋。所以我们泪流满面，步步回头，可是只能往前走。

姐姐单身很久，美丽干练，居所雅致。每年我都天真地想劝她将就，无知如我，不懂什么配称遗憾。无知如我，不懂什么配称爱情。

今年暑假我做了近视眼矫正手术，我有万分之一的念头是有人会来医院看看我，但是没有。短暂性失明的时候我摸着出租车下来，妈妈扶着我回家。世界是黑的。

凌晨醒来，我躺在床上，忽然历数我以为交情深厚的异性朋友，我猜测如果他们中谁是我男朋友会扶着我，然后我竟然全部肯定地否定了。我不曾有负青春和感情，我也同样知道自己是谁。我只是每次想起我的全世界黑暗的夜晚，我幼稚的历数，就觉得莫名可笑。


我很喜欢电影的名字，也算认真思索了两日。我的表哥刘黎说格局很重要。感谢那些让我从你的全世界路过的人，虽然颠覆了我的人生和自我，也感谢那些不曾对我说"从你的全世界路过"的人，我确实竭尽所能，希望我的世界再美丽一点、丰富一点、辽阔一点、悠远一点。

我有很多优秀的女性朋友，她们教会我很多难能可贵的东西。我有幸见过她们的喜怒哀乐、悲欢离合，从晨露芬芳到晚霞潋滟，记忆如浪花翻涌澎湃鼓舞了我。

我也有很多平凡的女性朋友，她们也教会我很多真挚道理，我有幸参与过她们的生活，从晨曦扶卷到夜阑描妆，记忆如暖风萦绕温馨幸福了我。

我也有很多愁苦的女性朋友，她们也教会我很多做人做事的艰辛无奈，我有幸饮苦共狂过她们的生死攸关，从晨雾迷茫到深夜悲歌，记忆如血痂刺青荆棘忧患了我。

我欣赏她们，没有爱过她们。我被爱过，没有被欣赏过。生命中来来往往的朋友们教会我，不是所有的付出都有等值的回报，但是执着告别或是纠结放手，配得上的总会拥有。

明天回去荆州吧，我知道有个人天天在窗户那里盼着我，这世上总还有全心全意的热望、期待和爱。

# 水花镜月，荆州画壁

途经一场牡丹花展，忆起年初所作《画壁》。

牡丹花展地点位于荆州关公义园。荆州关公义园是鄂旅投 2014 年头号工程，湖北省六大百亿级项目之一，基于打造中华传统美德之城、全球关公文化中心、世界著名旅游目的地的核心项目，2014 年入选国家优选旅行项目，2015 年被评为湖北省第五批文化产业基地并纳入中国文化产业重点项目库。相对于蔚为壮观的景区定位，这一片粉紫牡丹显得尚为单薄。

迎门盆栽花组含苞，长廊绢花造景洞天，公园护城河心借势点染地标建筑，双层规划拟古城墙处。

如果一个地方可以令我感受到那样的状态，如果一首歌曲可以诠释那样的感觉。我不禁忆起在华科大百景园做迎宾的日子。百景园一脉相承了华科大的严谨，还条分缕析了严谨的学术美。我每天工作很久抵学费，至少看两小时的书，凌晨都不敢睡。清扫广场时，我还能念着寒山的诗，哼着孙俪的《爱如空气》。

那时我喜欢电影《画壁》中孙俪饰演的芍药和柳岩饰演的云梅，每天上班的时候我迎宾于牡丹厅梅花厅，都轻抚过各厅的字画。我还记得茶花厅的水墨画上小船的题字："移舟泊烟渚，日暮客愁新。野旷天低树，江清月近人。"

喜欢公子开场引文《大学》，修身齐家治国平天下，亦喜书童的跟云。公子赏玩壁画正入迷，忽见一女子欣欣睁开了眼，她发现了他，连忙轻轻地躲开，而公子的追随恰到好处地友善着，直到她淡淡地问，我是牡丹……如果我跟你走，你会跟我一生一世吗……恍然别过，天上人间。他们之间，不是没有教训。

一生一世，这样的美丽愿望，太年轻，太敌不过现实的磨砺，只能是叹为观止。正如芍药的对镜自语，谁还敢和你做朋友。出于本能地陪公子上楼去见其口口声声念念不忘的人，蓦然回首，不是未有过波澜，不是未有过暗涌。再见的时候，公子和他的书童，还有他们同路的男人，已列为那里的贵宾。亲自接待他们的姑姑，命芍药安排照顾。芍药介绍了房间的结构，却回避了与牡丹有关的故事。极喜云梅的才情，虽浪费了太多的眼泪，未等到恰当的人，遇见书童怜惜，却也某种意义上改观了人际。

寻寻觅觅，停停走走，万难之中公子终究还是没有不辞而别。她捧着他的扇子，仿佛嗅到他赐予的一阕心事，仿佛他还在吟着，不知周之梦为蝴蝶与，蝴蝶之梦为周与。她总是情不自禁地守望在他出现过的地方，反复咏叹他们相会时的对白。芍药送公子见牡丹，终于还是直截了当地问了，"你是为谁回来的？"末了，仍是淡淡的，"我很羡慕她"。

一往情深深几许，深山夕照深秋雨。当他们一起沉浸在炼狱般的七重天，相知相惜的眼神，宛如一个人的前世今生。还是轻轻地问，你一生的心血是为了谁，琼楼玉宇，金碧辉煌？姑姑终于还是等回了她愿意一起的人，枯木逢春般，韵开花事一桩。公子的例行诀别，不似初见的潇洒。芍药的喃喃自语，也不似初见的冷清。他们的交集，不只那一瞬间的悲欢离合。

我从思绪中回神，慢慢走出牡丹展，如织的游客渐渐返家，恰好留下全然景致的空间拍照，万紫千红的牡丹都花开正好，盆栽有字"独立人间第一香"。

# 解锁咸宁太乙

　　太乙洞相传是太乙真人为治理水患，造福民众掘凿而成。据地质专家考证其形成约有 360 万年，洞名为我国著名书法家赵朴初先生所书。

　　太乙洞以"秀、奇、精"为主要特点，主洞为南北走向，全长 2200 多米。洞中既有开阔粗犷的大厅，又有曲径通幽的小巷，最高处约 20 米，最宽处 30 多米。洞内乳石倒悬，石笋林立，洞中有洞，有景点 100 多处，宛如一座天然博物馆，令人叹为观止。新开发的龙宫支洞，曲径通幽，峰回路转，美蛇化石，恐龙巢穴，石破天惊，一线通天，神蛙伴龙，景点奇特。洞口右边便是芳香扑鼻的桂花园和水波荡漾的太乙湖，构成了一幅山青、水秀、洞奇、花香的美妙画卷。出洞之后便是仙风道韵、景色宜人的太乙观。

## 1. 太乙洞

有那么一年，一向清苦的爸爸和他的朋友们一起买了太乙的房子，非要逼我署名房产证，我们吵了很多次，我要的是我的家，而不是空宅。过客和居民，不一样。那时候年轻，施舍的一切都不要，哪怕是亲爹。

不久爸爸心脏病病危住院，我知道他怕我养不活自己，收点房租我会好过一点。我也应允了他们安排的工作，从多年的服务员，变成了邱老师，我一直很惶恐，一直。我在青春的岁月喜欢过悲情的人，但凡沉溺迷茫，彼此就打骂至死，别问我有几千万能不能躺在床上玩游戏，我没那个命。

今年我努力得很徒劳，可能是老了看不到希望，但起码我还可以写完拙陋的太乙洞篇吧。

作为"被"业主的我，去过三五次吧，悲催无趣的人对溶洞真的没有任何向往，但是这些日子我情绪低落，容易感动，就忽然被溶洞千年微毫的沉寂感动了，它们是活的，它们在变，但是不用五年十年，我都看不出来。就像我，平庸忧郁，愚蠢败家，哪来什么成长进步，五年十年，多不过一丝鱼尾纹。

溶洞记录的名字已是真的记住了，一早就想写一整版，总是串不出个故事，编也编不了，拼拼凑凑，太不走心。

忽然有一天，高山流水的瀑帘便掀开了，就是那么突然。还有小美女提醒我的珊瑚石树也有了意义，神龟桥上看神仙聚会，也记录得真真切切……太乙浮尘和鲲鹏展翅，栩栩如生让我动容，鹦鹉观潮、天地之吻这些熟悉得不能再熟悉的我已经倒背如流的台词，忽然实际得演绎到笑出泪来。天赐神鼓，乐音有如古器抚弦触魂。栓龙柱、莲花台、卧龙池、大石瀑、时空隧道、太乙真人、珍珠瀑，是指定常规拍照点，我走过的这一遍，特此纪念。

## 2. 太乙温泉

一轮扁月，十分星光。心情莫名好了一点。

如果不是在外地，我会情不自禁加班，有如拧足了发条一般。其实我也欣赏那样的人，拧紧了，目的性很强，目标也明确，努力得根本停不下来。除非是病了，弱得眼神里从有星辰大海，变得暗淡卑微。如果那样，我也会心疼难过得不能自已。而最难过的莫过于，我也只能心疼难过得不能自已。

所以，干脆不较劲，好好睡觉，好好享受假期。

回首我的冬泳起点，也有十年了。年纪大了真可怕，随便一个小习惯，动不动就是十几年。偏偏我的习惯都很虐。其实确凿而言，我只是把冬泳这项虐，温柔地保持成了冷水澡。明明家里温泉是为了温暖我的，我却迷恋上冷水池塘。

我习惯了风吹柔发成冰柱再一滴一滴融化，我习惯了彻骨冰凉到抽搐再一股一股热浪。

太多的凡人琐碎，一早被亲妈数落，被公交司机鄙视，被电动车老板敷衍，和黑车司机争执，以及各种加班和没有加班费，写不好计划书导师各种失望，参加各种会议取真经寥寥，导致被定义"不务正业空虚无聊还浪费血汗钱"。各种家务公务不顺很寻常，每天都得理，就像每天都得梳头一样自然。

酒喝多了也不倒了，水太冷了也不抽筋了，成长和生活，莫不是这样。在江边的时候，星光那么美，那就，看一片星光，或者，几处星光。

## 3. 度假村

很多次在晚上的高速上行进，从来未曾看到那一路如此绚烂璀璨的细碎光芒，它们纷纭了我的历程。我依然还是觉得，白天的浏览，就是为了晚上的端详。

前台说让我回自己的房间，要待到工作时间结束，勉强在一个陌生的房间喝着红茶看电视，还好藤椅很精雕细琢，还好电视里播着《青花瓷》。虽然觉得，娱乐的确是奢侈的事情，想要玩味文字实我底蕴还很不够，但是我还是贪恋。

笔记本电脑不能连网，只好逼迫自己又看了一节高数再入睡，蒙蒙细雨中醒来，滴答的雨声和着溪流潺潺的柔情，令人不禁伫立在阳台享受这一片氤氲。清晨的光线非常好，很想大声念英语，又怕吵闹了左邻右舍，回房捧着书出神地盯着阳台，忽然发现，窗帘很有意境，像坠落的满天星。

很久没有素颜出门了，去那家有女儿红的小餐厅，居然不酿女儿红了……举杯的时候，我提前祝福同事们劳动节快乐，就像觉得不知道明天能不能会面一样热切。

# 九宫山

一年一年，总该有些什么让自己容易记得。所以生日的时候，我一定会出游的。恰好我在咸宁有一间温泉小屋，还是去那里吧。恰好有客户送了我一件很女人的衣服，就穿上吧。恰好春色满人间春花漫遍野，所以，出发吧。"水是眼波横，山是眉峰聚。欲问行人去那边？眉眼盈盈处。才始送春归，又送君归去。若到江南赶上春，千万和春住。"那夜的咸宁太乙，月明星稀。次日从太乙到九宫山，我在副驾看风景，那江山如画，那岁月如诗。

喜欢九宫山书卷般石雕简介上的"山势陡峭，山高谷深"，我喜欢绝美的风景。正如妆容，我喜浓妆。浓出一副淡然隽永，是深到骨子里的浑厚。喜欢浓墨重彩，喜欢刻骨铭心，喜欢记得走过的路，喜欢记得路过的人。喜欢在海拔 1583 米的山顶上的那些留影，喜欢悬崖绝壁，喜欢层峦叠嶂，喜欢拨开云雾见天日，守得云开见月明。所以喜欢一线天，喜欢拨云亭，名副其实。

犹记昨日那场雨，我还是坚定地出了门，无非路更难走一点。而我不能再错过了，错过年华错过美，错过最饱满的每一季青春。生日总是过一次少一次的，要珍惜。所以从山顶下来我坚持还要去石龙峡，美好应该是全面品读的。

石龙峡景区探幽是从索道开启的。从山上陡然滑下，内心竟如过山车般忐忑。他们都说九宫山是避暑胜地，而我却钟情春日的山花烂漫。所谓"人间四月芳菲尽，山寺桃花始盛开。长恨春归无觅处，不知转入此中来。"的确，以往我每年生日都在武大闻樱，剩下的晚樱也就几株，没有成片花海的壮观。而九宫山的桃花，孤芳自赏地铺陈在那里，如此雄奇的山，也变成了山柔水碧，色泽也丰富了，真是点睛。所以我下索道的第一件事，便是拈花微笑，我美不美，好不好，你懂得，就好。

石龙峡全长 3.5 公里，一桥一景，导游图上约二十处景点。清风潭、小桥流水、银河瀑布、天镜潭，水至清还有鱼，我掬水散开的涟漪和鱼尾划过的痕迹都荡漾着闲逸静谧，于是在这里我享受了第一个非正式的生日蛋糕。消魂桥、秋千桥、飞霞桥、集贤桥、逍遥桥，这组小桥都形态各异，古朴典雅，但是我急于寻到主瀑，所以是一路奔跑的。很难得我有奔跑的状态，因为我有哮喘，不能剧烈运动，不能情绪失控。所以从小我都故意不留长发，唯恐自己更娇气了。我宁愿再坚韧一些。情人泪、龙坪、石龙飞天、观龙亭、古琴桥、悬崖栈道、天地倒泄，主瀑非常宏伟，水流垂直倾下，畅快。

# 隐水洞

　　又是一年没有写游记了，我不喜欢。

　　没有想去隐水洞，纯属偶然，偏偏还喜欢上了那里。我纯粹因为它名字的特定想起了咸宁的太乙洞，又因为它暗河的流转想起了桂林的漓江，还因为它石壁的衔合想起了云南的石林。我是个简单的人，不喜欢比较，但是偏偏那些帧幅涌现，横亘在那里，长久的，长久的。

　　小隐隐于野，中隐隐于市，大隐隐于朝，都是我向往的。春水初生，春林初盛，春风十里，不如你。慢行五千多米的隐水洞，真实得不事雕琢却处处惊喜。看那姹紫嫣红灯光洒遍，恰好付与别有洞天。据了解，此处因位于大畈镇隐水村，在 30 米高的石壁下，两溪注入洞内，成为 10 公里长的伏流，故名隐水洞。洞内景观丰富多彩、奇特壮丽，其独特的岩溶地貌，造型之逼真，岩体之生动，在全国游览洞穴中是罕见的。洞内可触的，是挺拔的石柱、浸润的石瀑、起落的石帘、饱满的石笋。有量化的数据支撑总会显得至情至性，所有漫不经心的，散而不乱。各处也被里程碑式记住，"金字塔""龙宫洞府""王母蟠桃""天将神鞭""藏酒洞""岁月有痕""梦笔生花"。洞内空气清新，水滴清潭，溪鸣泉唱，石洞回音，如奏优美古典音乐。

想起一首歌，歌词是这样的，"想问你是不是还记得我名字，当人海涨潮又退潮几次，那些年那些事那一段疯狂热烈浪漫日子，啊！恍如隔世。"很喜欢恍如隔世这个词，似乎是我常有的状态，不比寂寞那么青涩，不比空虚那么单薄。有的是躲进小楼的欲说还休。


春已半，触目此情无限。十二阑干闲倚遍，愁来天不管。　好是风和日暖，输与莺莺燕燕。满院落花帘不卷，断肠芳草远。

（朱淑真《谒金门·春半》）

# 南昌职业大学窗前

　　南昌职业大学始建于 1993 年，是 2018 年经教育部批准设置的一所全日制国家统招本科高校，是全国首批本科层次职业教育试点学校之一，是江西唯一一所综合性职业本科高校和由教育部学校规划建设发展中心授牌的产教融合职业本科课程改革实验学校。中国科学院院士、清华大学教授潘际銮受聘任学校顾问。

　　学校坐落在"物华天宝、人杰地灵"的历史文化名城——南昌市。占地 1000 余亩，在校生 14800 余人，馆藏纸质图书 110 多万册，电子图书 123 万余册，教学仪器设备先进，建有校内实验实训中心 21 个，校外实习实训基地 120 余个，组建了数字化校园网络，教学生活设施配套完善，校园环境优美。

　　学校设有经济管理学院、工程技术学院、信息技术学院、艺术设计学院、人文学院、体育学院、卫生健康学院、音乐舞蹈学院、教育学院、马克思主义学院、创新创业学院、中国（安义）铝材门窗学院。学校引进京东、华为、中兴等多家企业，共同创办产教融合实训基地，共建专业、共育人才，培养具有本科理论水平又有创新意识的技能型人才。

## 1. 拾梦

前段时间有万元奖赏的赏花节征稿，我便无意上班，心心念念这花花世界，惊觉桃花旧作早过却雷同了《三生三世》的构思，樱花生日篇完成交付如导游词，牡丹清明篇也纯属凑数。所以此篇无暇辞赋，纯记叙吧。恰好南昌职业大学校庆 30 周年也有征文，更有兴致完成了，毕竟终究不算不务正业了。

博士期间简单看了童庆炳的《文学理论教程》，感觉很受教，为此我特意买了评分评价极高的外国教授的中文电子书，较之术语解释为主的外教书通篇是信息论、传播学和文学解读中对文学部分的侧重，我还是更倾向于深厚的充满文学性的童庆炳教材，整本论述整齐、条理清晰、归纳总结适用，有大师之风骨。《文学理论教程》表明，各民族最早的文学体裁是诗，早期的文艺是诗、乐、舞三位一体的。这不谋而合的思路一致了我的兴趣培养投入。我以为吧，好的教育不但是教会学生熟练的操练和使用语言，而且是真正地珍视语言这一文化载体所凝聚的中华魂。这种梦想一般的教育理想被可视化地看见，总是震撼的……尽管我的博士生涯尚未成功毕业，教益的生活还是要继续。我觉得我应该简单写个小结纪念一下，顺其自然地以学生公寓窗前的大片油菜花田为题目吧。

　　一个飞速发展的新世界，可能只能在开车的时候听到收音机里放着《声声慢》，还不能减速仔细聆听，一生只够爱一个人的梦想在破灭，在滚动的年轮中我忙碌着、找寻着、得到着、失去着，多少年来，不曾端详一张自己深爱的脸。我无暇追究自己西装的第几排第几颗扣子，我只要记住合作了哪些公司哪些项目；我无暇打听自己指甲油的彩虹色调的品牌，我只要知道如何执行如何产生成效。成大事不拘小节，我以为我爱的就是大事，其他都是小节。所以，我最初的经营大事，也改为教育大事。看过热巴和郭京飞的《21克拉》，就可以解释，为什么一枚戒指就足以拴住一个人。在南昌我没有戒指，但是我是卖掉戒指卖掉房子读博士的，换来一纸成绩单，一纸入职通知书，我是怎样地感慨万分。

今年给自己画了一个喜欢的花瓶，所谓天圆地方，我当然会习惯天泽的圆润，虽然也青睐四平八稳的方形，或许是因为我即使习惯了教室的规整，却不愿回避圆形线条的难度。瓶身着色还是沿袭彩虹色调谱，泰国周日至周一，红黄粉绿橘蓝紫，色块均匀干净，点线面的处理有基本概念，构图记忆承接性强，其实我现在忽然有些后悔内勾边花瓣的创意，是我当时没有想象到，有风吹过的动感美。

在我很小的时候，喜欢梵高的向日葵，正是因为它惊人的醒目感。我也有过轻狂热烈不切实际的梦想，却在实现的磨砺中一一吹落，只剩光秃秃的不甘心。而我亲爱的小花花，她重新丰满了我的梦想和生活，随我飘舞着追逐，无问西东。

## 2. 油菜花

我的东西快搬完了，我的内心很是起伏。从杭州下沙大学城的学生公寓到南昌职业大学的学生公寓，我觉得我不是搬家，我是刚刚找到一处容得下我的地方。毕竟我从来不喜欢住酒店，我又不是没有房子，又不是没有家。

虽然成年人谈希望这个词，会显得幼稚。但是成年人谈感情这个词，会不会显得更幼稚？

但是希望和感情真的还是源动力啊，我早上从窗台看见杂草丛生的一大片地上有了几团小花花，激动的心颤抖的手啊，那不是普通的小花花，那是我凝在时空中的希望和感情的象征啊……结果我妆化好了以后一场暴雨，我的小花花又成了杂草丛生……

但是"顽强邱"并没有十分苦闷，毕竟我知道了，那一片杂草丛生之地是会开花的，所以我还是很高兴。但凡有花一朵，管它朝花夕拾，我的窗台就不是百草园，而是后花园。开花的意义不过如此。花园这个词，真是充满了希望和感情啊……虽然我还是一个一无所有的人，但是一朵小花花，就让我感到了希望和感情。"孤寡邱"的成长，不过如此。

周敦颐不除窗前草，窗台外的花每天都拼命地开放，然后风风雨雨的啥也没有了，但是我知道。第二天它们会接着开花，很快地，连成一团，很快地，又连成了一片，一大片。

　　总有些纷纷扰扰繁繁杂杂让人懊恼得不美丽了，但是安安静静躺平三天，看书学习不问世事，终究还是会好起来的。

　　以往每次坐火车经过一片一片稻田麦浪，总是有那么一小串村舍民居，原原本本的，白的或者单调色的粉绿，土得可爱。我就想吧，倘若我也住在那里，只要有 WIFI，那就好了。我可以看看书写写论文，种花养狗养猫养鱼养鸟，鸡鸭就算了，牛羊我也养不了。我也可以种点简单的青菜水果，够我自给自足。这数日以来，我看了看窗外，安义县的农夫便是如此耕耘着与我一墙之隔的田地。他们锄地，种满了一些我叫不出名字来的庄稼，当然，油菜花我还是知道的。

　　那油菜花吧，还是得衬了稻田麦浪，它的茎秆远远望去，有草丛的斜倚，径直长就没有这种姿容了，和旁边的作物，哪怕是芦苇，也是一样地曼妙着。别的花总是傍了大树高枝，美丽得贵气些，油菜花却不是了，就是倚了良田小茎秆，也是安身知命的，也是美丽的，隐了浮华万千的。

　　蝴蝶是起不了多早的，午间的时候，还是会绕着花田，也不是太多的簇拥，一只两只三只，就可以了。

一境一境的，莫不这样。

我就住在这里了。住在这里了，就没有羡慕不羡慕，甘愿不甘愿，欢喜不欢喜，因为，我就住在这里了。

### 3. 偶头疼

很多浑然天成的"应该"，其实还是熬不过刻意的。就像我应该是寡寡荡荡的，而不应该是满满实实的。但是就这么别别扭扭着，这么半年，就这么不徐不缓不知不觉始料不及着，惊觉已然二月将尽了。

很多迷迷离离的氤氤氲氲的还没有来得及，很多风景人事，我都不再牵牵绊绊，很多通不通透，重不重要，也不是无可替代，甚至，换了更好吧。

一直想腾出个十天半月的，空空如也地呆滞在某片孤山或是河海，但是我的任务是十天完成欧拉公式的五千字论文……

生活硬生生地把浪漫搁着，还是无暇抒情，罢了。

这几天，头隐隐作痛，有时神经元刺刺一下，有时散状的异常，像一片小灯泡欲亮不亮地挣扎。我觉得有点慌，万一我真的死了，暂时还是不值得的。姑且安慰自己，压力过大了吧。

短暂或是漫长的一生，闪闪烁烁也是好的。所以，还是，我要活下去。

## 4. 日月

国内出行我喜欢铁轨，不一样的城市有不一样的火车站。并没有太多特别的关注，停留不到十分钟的地方，有什么不一样。

大一的时候开始向往外面的世界，每次去火车站都会哭很久，就像再也不会回去一样……我写过的城市印象很路人，很小气，只落得风花雪月的描写，太入神逼真。

风花雪月的我一定要写一笔窗外的树，阳光明媚的早上，每一片叶子都镶了钻一样熠熠生辉地灿烂着。闪耀而明晃，把冬日的光都揽了一身，再荡浪着显摆着洒个遍，窗上、楼上、地上、天上，亮亮堂堂。

没有山水的时候，我就写树，什么都没有的时候，待久了还可以写火车站。枕碎了一地的相思，伤离别太俗气太狼藉，让人瞧不起。

　　小记一下数日的饮食，俗气要俗气得彻底，表层要表层得通透。公寓的关东煮煮得太久，软塌塌的面食我是不爱的，泡面劲道还可以；素菜清新幽香，辣条略咸，水果甜的，维他牛奶还带保温的……宿管阿姨很热情，人很好的吧。

　　月亮小半，心愿小半。

　　差点忘记了，手肘关节疼了一夜睡不着，为此，我在强风暴雨的时候穿着纱裙衬衫游街，然后，哪里都不疼了。疼痛这种事情，疼久了就麻木了，如此自虐而坚强，甚好。

　　总有人耕耘了一辈子还是荒凉，也有一些人固执己见地发芽，我总是羡慕漫山苍翠的建树，其实，油菜花又有什么不好。

# 安义古村

　　我在南昌也快一个月了，由于困在学校我也没有办法过多抒情，我究竟喜不喜欢这座城市，虽然我真心喜欢古镇，但是我毕竟还没有机会去了解安义古镇，看都没看过一眼。研究教材和课题都是我梦寐以求的事情，所以，喜欢不喜欢栖居的城市重要吗？但是既然我珍惜工作，我就得自我暗示，我就会真心实意地喜欢，成年人的安稳就应该是成全自己。

　　人吧，走远了就会怀念，怀念乡土气息浓厚的东西，越乡土、越亲切。我特意去逛安义古镇的时候正好汉语教研室有视频会议，大家对于中国文化要不要在目录赫然写上"中国历史文化"各抒己见，而我去年执教的教材是《中国传统文化概论》，其实我硕士的时候反反复复读的是《中国文化概论》，我以为吧，中国文化就说明了很多问题，非要加个"传统"或者"历史"，我也说不清哪里好不好。

　　还是写我的古镇吧，我穿的是住在杭州的学生公寓时考过博士全综合后买的双面羊绒韩版粉色大衣，本来我也喜欢另一件民国风小棉袄，旗袍的盘扣设计，很有"奶奶最爱妈妈必备"的味道。脖子袖子所有不可以裸露的地方都是真皮草的隆重，好几个朋友说穿得像个格格，我觉得太过了，还是日常一点，才选了朴素些的。后来我有个小姐妹买了格格服，我们每次相见，我都很是别扭和懊恼，就好像特意为我量身定制的准备却并没有被珍视，别的人都是不够合适的，再漂亮也是空落落的。而我，才是它的灵魂所在。

衣食住行，我要的都是灵魂。但是灵魂，定不是匆匆一觑就能捕捉到的，但是我就要定稿了，来不及精端细详。

景区门口的涟心桥用的竹简引人抚卷，引卷"濯清涟而不妖"。九曲回肠地架了水车，长廊落地窗通透透展示了明初水南村的生产生活的日用，有如博物馆。

走近了，第一间是古村图书馆和豫章剪纸馆，豫章是江西的第一个名称，后随着历史更替变了别称。而图书馆，我想起入职后偶尔不好的心情，人真的是贪心，我本来只求有图书馆，就愿意倾覆一生的。我贪婪到，但凡有一点不敷衍，就可以很眷念。而我眷念来眷念去的，就停不下行踪。书也摆了不细看，稿也摆了不细看。好像空了十年留给书的日子，有多么不堪不甘一样。晚上晃到学校附近的小酒馆，围着的，灯却是亮的。我买了隔壁蜜雪冰城的柠檬水，想着小酒馆喝着柠檬水。见过繁华喧嚣，我就贪婪，而安宁澄明，我也是贪婪的。但我也知道，繁华喧嚣是别人的，安宁澄明也是别人的，我只是有一点不敷衍就可以很眷念的，太漫长的失落。

里弄是罗田黄氏后裔原村，装饰考究，雕饰精美。怪不得我觉得亲切，同源可追溯到湖北罗田，那些屋子很是熟悉的，尤其那紫灿荆枝，我也曾吟着，一树一木一世人，苍凉忧愁；一砖一瓦一世情，朴拙浑厚。原生古镇，根植着属于本身的憧憬执念。朝代更迭，历史明晰，古迹遗泽，风骨香魂。贤圣是否，草舍柴扉。自然凝练的时光凹凸遍洒，领悟一帧诗意，一程阑珊。

尽处是金岗寺了，暂且没有开放。金色的庙宇在夕阳里让荒凉的原野泛出信仰的庄严。

沃野来祥的罗田古村古门楼群，门头"沃野来祥"有肥沃的原野送来祥瑞之气之意，几巷江西传统建筑，比如功福巷西古屋，屋内陈设大同小异，只是门槛有些高，重梁隐了去，屋外立砖竖砌，风格很独特。再往里探，十甲碾坊也是宽敞的，深处还有世大夫第，竹门借光的味道，林花经雨香犹在，芳草留人意自闲。世大夫第属黄秀文，他是罗田著名的商人，乾隆初年，筹划建造府第，耗时38年完成建设，父子两代相继建出了12个厅堂、36对厢房、108间起居室，内设48个天井。原有面积5500平方米，现存3300平方米。"世"指世代，"大夫"一般指四品以上官员，"世大夫第"由此得名。赣派建筑和徽派建筑风格比较接近，主要区别点在，赣派建筑是青墙黛瓦，徽派是白墙黛瓦；赣派建筑的风火墙较平直，徽派的风火墙墙头高昂；赣派大宅会多列多进，徽派则独列二进居多；赣派的大宅中天井多，世大夫第就有48个天井。穿巷横街更楼，还有建于清光绪年间正七品友山私宅的江南书院。

罗田古街始建于唐代，全部用麻石铺设而成。自古以来，川流不息的江右商帮商队，用独轮车压出了深深的岁月痕迹。

# 绳金塔

南昌的朋友们告诉我,绳金塔的美食齐全又地道。恰好,从杭州躲到南昌的我,长住的酒店步行几分钟就可以到的。

绳金塔主塔翻新加固不能进,只是简单逛了逛周边。千年古塔边是隆兴戏台,走过木制长廊,展示的全是孔子《论语》楹联,也有几座名人雕像,展示着关于绳金塔的传说。

据记载,南昌民谣"藤断葫芦剪,塔圮豫章残"中的"藤"即滕王阁,"塔"即绳金塔。这座有着1100年历史的江南名塔,也是南昌最古老的建筑物之一。相传在建塔之前,一位名叫惟一的僧人来到此地,重建起一座毁于60年前的晋朝古寺——市林寺,并将其更名为千福寺。寺院开光之日,他依托菩萨的预示,在寺后掘地五尺,挖出了一个铁函。铁函内有金绳四匝,古剑三把(分别刻有"驱风""镇火""降蛟"字样);还有金瓶一个,盛有青色和红色舍利子三百粒。惟一和尚于是按佛教仪规，就地建造宝塔，将舍利子等宝物供奉其中，绳金塔因此而得名，后来这座千福寺也被人们称为绳金塔院。

这座典型的江南砖木结构楼阁式塔，高 50.86 米，塔身为七层八面（明七暗八层），内正外八形，各部位尺寸比例匀称，线条柔和流畅，可与上海"城隍庙"、南京"夫子庙"相媲美。尤其飞檐下悬挂的铜铃，是按照制作古代编钟的工艺，每层一个音阶，七层七音，微风吹过，悦耳动听。那叮叮当当的悠扬是蔓延的，一街一区一路的，马路上楼宇间，咚咚铃铃的。我读过三毛的《简单》，她说不求深刻只求简单，返璞归真感到醒来没有那么深的计算和迷茫。那蔓延的风铃声吧，把繁华喧嚣简单出了一方安宁澄明，倾覆了一段眷念。

我以为吧，景区的路灯很是匠心独具的。

大成殿是孔子祭祀处，供奉孔子、颜回和子羽，殿内两侧壁刻孔子生平事迹，是南昌唯一大型文庙。礼，作为中华民族精神的重要准绳，在千百年间维护了人们的道德规范和社会准则，提高了人们的思想境界。礼精确地划分了每个人的身份、相应的礼仪和义务，由此延展出封建等级制度，通过集体行为如祭祀等方式保持社会的稳定。有僧侣二人圈步着举行某种仪式。

走过大成殿前的泮桥，象征科举登仕第一步的学子毕生希冀，我是认真的。踏入回廊另侧别有一番园林味道。廊庭有一通民族园，挂画各少数民族人物，餐饮很多吧，龙虾、羊蝎子馆的，拉面馆的，都有份的。也有他们和省市领导合影的。古木夯实，小池清透。天色蓝得真实好看，映着古塔的美，没有这一池碧水是不能流淌进心里去的。

# 原城纪

终于有地方安顿了。路上我一直播放着很喜欢的那首歌《爱的可能》。千里迢迢为了另一城的寂寥，真是荒唐而丰盛。

原城纪是南昌首个融汇百年母城文化脉络，汲取地道风物、民间技艺，记录近现代历史变迁的城市微旅游文化项目，项目以南昌城市文化旅游主题街区为核心，依托南昌百年城市文脉，跨越南昌厚重历史，在植入老南昌城市记忆的基调上，汲取赣文化精髓，浓缩和发扬南昌城市精神，集百坊百店、都市休闲旅游街区、艺术中心、非遗村落、都市市集、精品酒店等为一体，创建"形态、文态、业态、生态"四态合一的文化旅游及城市休闲综合体。

穿过游客中心，通过胜利大门，感受时间的跨越和回溯，历史的面纱逐渐揭开：复兴广场上，当年震撼的阅兵礼似乎就在眼前，不禁唤起人们对南昌历史的记忆感。骑楼美食街，百坊百店，失传老字号与原乡美食相辅相成，城市味觉体现得淋漓尽致。还有瓦子角广场，婚庆院子，浸润着民俗、民艺、民风。赣戏茶铺，采茶戏、老吆喝，乡音可寻……

我是冒着大雨寻访原城纪的，那雨帘映着原城纪的字样很有江南的韵味。我对承载了浓郁历史文化的景致总是有某种命定的向往的，就像翻开经典厚著的动容沉浸。前天我的小姐妹夏夏说，推荐我一本书，今年的新书，我还没回复，她补充说，是老作者的新作。她说："我知道你喜欢巴金的《爱情三部曲》尤其《雾》。"我就很感动，知己是隔不住时空的。我走在原城纪，莫名有种感觉，它和上海巴金故居所在的那条路还是有些相仿的，可能还是那红砖黄土的堆叠，却不粗糙的，硬把那浑沉精雕了，怪不得传出"瓷都"的名声。

那红砖的房子吧，翰林印务商会挨着的，圆窗圆鼓鼓的阳台，有殷实人家大小姐闺阁的丰姿绰约，花鼎雍容，若是夜里应是可以偷了明艳光芒的。那黄土房子的麦氏啤酒 1758 实在是喜欢的，围墙不似旁的高筑，稍低些，一致地种了结香花，凑着嗅着，漫透了幽悦，围栏上方惊喜的竹帘漫壁，透明的天顶，住在里面会是极其幸福的吧，抬首天色入帘青，俯首花香染卷轴。还有那和庆号百货、余永记银号、城堡顶。把那灰砖白墙高调了，深灰的窗镜面般印了行来过往的人迹，围栏如外延的加持层次，布了景深。屋檐墙头护着的，都是娇弱的结香，围墙外一地的落红还是晚樱。

　　但盼风雨来，能留你在此。即使天无雨，我亦留此地。召以佳景假以文章，留此原城得此佳趣。

# 婺源行

第一次这么正式地过生日。什么都好，什么都是我喜爱的，每个细节。明亮的，暧昧的，古典的，怀旧的，陌生的，熟悉的。

婺源，中国最美的乡村，我看见漫山遍野的澄清。一切都那么真实，天不是那么蓝，山不是那么高，平凡得就像每个人习以为常的生活，却因了那些风吹皱的湖水般推开的油菜花丛而浮现出漾起的田园小调。

许多年以来，我都未曾如此端详自己的脸庞。她陌生而熟悉地展现在那里，让我不知所措。或许，在另一个场合，她会是别样的，那么究竟哪一个才是我呢？在婺源，就不必担心这个问题。那里，没有别人。它不是真空，却比我想象中还要公式化。

一路朴素。最生机的，也莫过于灿然的油菜花。翠源金冠，温润而择；黛叶幽苔，同照阡陌；白梨水桃，恰为点染。回来之后，酒席很好，活动很好，睡眠很好。醒来，却感到一阵、一阵很浓厚的寂寞。仿佛，仿佛身边的人都在一瞬间消失了一般。他们到哪里去了呢？我的朋友们，很多很多年的朋友们，我怕酒太浓，冲淡了我们的将来。我怕，我醉到，再也醒不来。

　　梅子金黄杏子肥，麦花雪白菜花稀。

　　日长篱落无人过，唯有蜻蜓蛱蝶飞。

　　　　　　　　（范成大《四时田园杂兴·其二十五》）

　　阳春三月江西上饶的婺源，漫山遍野铺天盖地的油菜花梯田，不是风吹皱一池春水，吹皱的那片心田，总该层层叠叠了一记又一记孤注一掷的耕耘的花样年华。

　　有"流动的清明上河图"之称的江湾篁岭，镂空复古印花旗袍短裙不宜乘座高空索道，过山风吹得玻璃栈桥隐约恍恍荡荡，侧畔青松托着累累果实。晒秋习俗持续了500多年的明末镇子，茶叶啊粮食啊，都要晒了出来，凭什么不呢，人家世世代代的心血灌溉，凭什么不晒呢……

　　天街是我喜欢的好久不见的徽派建筑的齐聚，古镇古村古朴的粉白黑瓦，齐刷刷的，燕尾般的小檐梁子，点着睛地勾描出了欢欣的小俏丽。有大户人家的宅子，千金门楼四两屋，五福临门的雕梁画栋之精致是肯定的了，连那顶上的卦象图，也是讲究了风水的吧。

山巅的怪屋，同名了杭州宋城的怪街，却是鲜活通透许多，连接了半山的路径。百多年历史的老宅，总是会以一种开诚布公的方式吸引，动容着我。有文据，清代许氏茶商的怡心楼属《聊斋》拍摄地，我认为吧，鬼鬼怪怪这样的词汇不可以形容《聊斋》，应该是温润性痴的卷帘乾坤……

从婺源回来的时候，同行的都买了绿茶菊花茶，我买了十斤小青菜……这几天炒着煮着烫着，还是觉得很好吃。大大小小的饭店餐厅小馆子去的也很多了，还是最喜欢自种的小青菜，那种清香漫着一深山的味道，爽爽朗朗的。

我常常会想停下来，过着耕耕织织的小日子，这是我从很小很小的时候就向往的生活，到很大很大的时候，还是没有实现。

昨天雅思口语的老师问我喜不喜欢旅行，我说我喜欢深度旅行，建筑饮食文化都要。她问是那种现代繁华的都市吧，我说不是的，我喜欢美丽古典的小城。

补充一句，老师和同学们都认为以我的流畅表达能力，虽然是中学词汇量，也轻松拿 5 分了，我就觉得人生有望……

昨天有人问我生日快到了吧，那时候隐隐约约觉得有些波澜，是啊，又是一年春深似海的季节了，又是一年繁花着色的日子了，又是一年，又是一年……清晨六点醒来，我想谁会在我身边呢，重不重要，可能有没有谁也不那么重要吧，但凡还有一个人记得，我虚掷的不只是青春的人生，就还有些许回光。提前祝福 331 的自己，雅思一定要过。

有素未谋面的朋友送了我一幅字，感动一下。其实博士的课全部上完以后，我极度空虚，我想到这么多年的青春，不甘心地考个证并没有什么实际意义。然后我想把并不多的积蓄挥霍一空，看看能不能得到虚张声势的快乐。结果就是，并没有什么扬眉吐气的欢欣。除了好好工作，我并不想再多审视什么。这几年我都有些浮夸，像我臃肿起来的身材一样。我该安静下来好好看几本书，照顾好没有我会失魂落魄的人，而我也同样失魂落魄了数月。生活哪里有那么多如愿以偿，所有的决定都背负着不可逆转。

# 西湖集锦

## 1. 断桥

我是凭着断桥的传说找过去的。景致再好，若是少了故事，游历再多也只是过客。而怀念，却纠缠着笑靥如花的沉醉者。

断桥边有家丝绸店，我挑了许久，终究还是选了青色的满天星。我想起苏小小和白娘子的传说，不禁感伤。一个人旅行于如此情绵意浓之处，我本不想这样。但我只是个简单的人，简单到只为一睹《文化苦旅》这本书上提到的美。

不过是湖平如镜，不过是塔直入云，不过是雾叠远峰，不过是散桥残亭。我凭什么贪恋于此？改写我行走之篇章，穿越我生命之旅程。许多年间，我痴妄过北上广的机缘和奢华，淡漠过或近或远的江河湖海，却念念不忘西湖的故事。不因名冠世界遗产名录中国唯一湖泊类文化遗产，也不因历代才子钟情，仅仅只是单纯地应了《小窗幽记》里我最爱的那句：梦醒心不归。

三游西湖，三次都是巧合。

初访西湖，是我如愿考上本科。我一直以为灰色是最温柔的颜色。或许是气质使然，我不习惯太闪亮。为了给自己一点灵感，也希望予别人以震撼，我忽然希望生活过得精彩一点。我拿出在湖北省建设厅实习做广告编辑的全部积蓄，买了几套清丽的装束。铂金缠魂琥珀项链，背面暗扣修身T恤，泪珠绣边荧光羽翼图案印花牛仔裤，侧畔粉红休闲板鞋。装扮得漂亮一点，便幸福出喜悦，眉目间尽显夸张的得意。

"多情必至寡情，任性终不失性"，我跟着法语班的同学，带上《小窗幽记》，穿上如此易于取悦观众的服饰，漫游于湖光山色之中。美丽了心情，轻盈了脚步。不过是湖平如镜，不过是散桥残亭，我却因新装有了舞台，欣然沉醉着。

后来，我们都没有去憧憬无限的法国留学，有人没有资金，而我没有资格。正如《文化苦旅》中那些十年寒窗、博览文史，与社会交手不了几个回合便把一切沉埋进一座座孤山的暗淡群体。我们的梦想断了，只剩隐隐的不甘、微弱的压抑在年华似水流的生活中。心灰意冷的美是动人的，死心绝望的美是刺痛的。毕竟适合自己的服饰固然协调，却无法定格在那跃然出彩的闪耀。

初行的记忆，刻画成色彩凄厉的蝴蝶图案，翅膀上用无数眼睛点缀，对比反色处理，触目惊心。

故地重游，仍是如此陌生。色彩，是破碎的光。在那幅凄厉的图之后，我温习了一些美术基础，只愿看得通透些。然而，景致再好，若是少了故事，游历再多也只是过客。那一年考研时的雪下得太大，竟模糊了雪以外的一切记忆。

我是在一个春节前往，又在那年情人节回归的。也许是那场雪太突然，我需要给自己一点温柔。我用春节的压岁钱买了一件粉红棉袄，一条粉红长裤，一个粉红皮包。无奈温柔挡不住严寒，我只有走过场一般穿过那些承载着特色文化的地方，来不及凝神细观，便匆匆而去。回程翻出太多简介来填补，终究还是硬生生的图文，展不开鲜活的画面。

之后那段时间，我一直着男装。粗线的男式毛衣，宽腿休闲裤，登山专用运动鞋，毛领夹层牛仔外套。

冬天不是依靠温柔就能度过的，我太了解。有的人身体残缺，如我，徒劳守着隐秘的内伤。若非带着同情，再多保护也只是形式。

昨日再见，我不愿多言。以存在为信念，这就是牵挂的力量。我怀念的，不过是那湖平如镜，不过是那塔直入云，不过是那雾叠远峰，不过是那散桥残亭。那些不变的景致，横亘在我心中，穿越我生命之旅程。我怀念的，是一种原始的温暖。

摄影，是用光线描写作画。我是个简单的人，简单到只为一睹某本书上提到的美。我一个人行走得累了，却为了一份莫名的开端，不得不完整画卷。如此情绵意浓之处，穿越爱情的传说，拍摄美丽的景致，我本不想这样，我也只能这样。

我着白色淑女套装，黑色高跟鞋，黑色旅行包。如此素淡，只有青色的满天星跃然那出彩的闪耀。醒着顾影自怜，醉着孤芳自赏。24 小时井然有序的温顺生活，竟是我奢望并怀念的全部。

## 2. 雷峰塔

烟雨朦胧的时节，西湖还是很多人的，山峦层叠微隐微现，很适合作画。雷峰塔也不远不近，我还记得大雪的那些日子……画舫小船华丽的黄顶红梁，复古的质感一直是我向往的。

我也是禁不起小棚的工艺品诱惑的，雕版花木很合我意，月桂指戒也是好看的，还有贝雕联排的胸针……都是令我心花怒放喜形于色的。

本来想行至水尽处小试画笔，店家色盘尚未备齐，只好涩涩写了名字的小诗：

湖鸥扑腾争鸣，是活泼的。鸳鸯双双对对，是美好的。人们簇簇拥拥，是繁盛的。真好。

## 3. 孤山

我不喜欢繁华的城市，但是杭州不一样。我不喜欢耀眼的美景，但是西湖不一样。

"天对地，雨对风。大陆对长空。山花对海树，赤日对苍穹。雷隐隐，雾蒙蒙。日下对天中。风高秋月白，雨霁晚霞红。牛女二星河左右，参商两曜斗西东。十月塞边，飒飒寒霜惊戍旅；三冬江上，漫漫朔雪冷渔翁。"（《笠翁对韵》）

孤山是好的，山顶处有印章般的《周易》印，路人甲很胸有成竹地对路人乙说，字迹依稀辨作"风"和"日"，我说你是说《周易》吗，他说是的，《易经》的卦辞；我说我只知道"飞龙在天"，路人甲说那是五卦的……

其实我真的就看了那么一点点，于我而言，身有十文必振衣作响，但是我还是欣赏了类似的显摆。就像杭州的豪车还是常见，骄傲就骄傲吧，人家凭什么不炫耀？

繁华或是耀眼，大多数的时候我都是不喜欢也不向往的，但是我很努力很努力也没有做到的事情，别人做到了，为什么我感到的只是温暖？

## 4. 白堤

《西湖志》云："出钱塘门，循湖而行，人白沙堤。第一桥曰断桥，界于前后湖之中。水光潋滟，桥影倒浸，如玉腰金背。凡探梅孤山，蜡屐过此，辄值春雪未消。"

文化功底不强的人，艺术修养不够的人，是不该糟蹋浪费美景的。所以我行来绕去，总不过是年复一年在同样的地方。江滩湖畔海岸，一处数年。

断桥残雪的冬日西湖，离了荷塘艳色也好，深浅层峦的淡雅灰仙云落幕般跌到湖心，暖洋洋的日光牵引着把西湖水的波纹镀金染银，不忍消沉。

水平有限如我，山水描摹都是败笔。实力太差，满满诚意只有岁月可鉴。春日吟隐的竹林，夏日墨香的莲池，秋日赶追的孤山，冬日遥望的断桥。

我要对得起这一湖风光需要怎样的功力，都是不敢不忍不能提笔的，但好在这咫尺美不胜收已盛名，传说的，典故的，青史的，野径的。把浩浩渺渺的触之不及，一寸光阴一寸金地融进人生的河流，印成一个一个盈满泪光的故事，活生生地拉扯着情愫挥之不去。从此浩大不再触不可及，得寸进尺地，把心事泛滥出去。

## 5. 烟雨

我又要抒情了，西湖的浪也有汹涌的时候，我在杭州的四季还是完整的。躲在室内看风景不是我的作风，风和雨都要灌到我身上。海浪也是，湖光也是。

孤身一人的这一年很好，该吃吃该喝喝，胖就胖，蠢就蠢。今年之前我应该没有怎么写过美食，因为真的没有兴趣。自从自暴自弃以来，什么都觉得好好吃，早点有早点的滋味，普餐有普餐的清欢，招牌更厉害了，有名堂有讲究有秀色有地道。

人活着就为了吃饭，真好，不会跳楼不会吵架，有什么好寝食难安，那都是不洒脱的，有什么好人生无望，今年是我20多年来第一次不再庸人自扰，做个俗物，挺好。

该写美食了，柒园的西湖醋鱼很不错，笋壳鱼鲜美丰厚，皮纹确如笋壳，比斑小巧，比点牵牵连连；头牌菜珊汁沙律大虾，异曲同工了水果色拉蛋的造型，我以为名厨一定是故意的，又不会就少那么一分心思，一样的食器白巧克力球煲掌上明珠般捧了去，极好的精选白嫩食材，色拉和沙律也不突然，珊汁的别致不用懂的；贵妃蒜头拌爽螺的配艺蝴蝶兰和我最喜欢的拉丝蜜饯配花相仿，点染的甜豆有国画境界之用笔用意，味道难得地重的；荷花酥也精致，瓣瓣层层，酥得有模有样的，像不曾有过的爱情碎了一地……

独自异乡的日子我总是撑不过半年，比如新马泰和北京，所幸有一年的，只有安徽和杭州了。在安徽的日子我已借张爱玲浅浅发表过学术论文，在杭州的日子呢，其实郁达夫我也在同篇有提及。

到杭州以来有五个朋友刻意或者无意路过，我见过几个，也有来不及见的。他们都觉得我来去匆匆，忙碌得不知所以然，却又没有苛责我什么。我以为吧，寻山访水的日子，留给一个人的静谧是顶好的，遥遥相望绝口不提各奔前程。

我是一个疏于言语的人，书画就可以了。西湖是适合书画的，东湖可能更适合摄影。虽然从某种意义上来说摄影才应该是我分内的专业的事情，但是只有适合书画的，才够我沉沦再洋溢。东湖太通透敞亮，豁豁达达的，西湖不是的，西湖敞开她无际的柔情，却总是有种灰调的惆怅。

## 6. 故 乡

　　我想想我一无所有的人生，不切实际的幻想还是浮浮沉沉，虽然差距让我明白我不配出去看风景，不配春节回家，但是我还是去了。温暖或是温情，虽然没有什么用，但是最后一名还有勇气微笑活着，那是多大的错觉啊……但是转念想想，我还有下沉的空间可以嘚瑟的。

　　本来我想想我的论文，我的新职都需要我一往无前地抛家弃子，但是一季一季的西湖水从不失望地给了我春夏的山色、秋冬的湖光。让我贪恋一无所有的无味人生。

　　而故乡，我哪里有什么故乡，我不过是个游子游客，谈什么故乡。

# 江南古镇

## 1. 西塘故事

太急没有故事，太缓没有人生。我只要故事，不要人生。所以我自然会到那个县上，享受我的西塘时光。

人间四月真是大自然好客的好季节，到处莺红柳绿，我不负春光的应景，乌镇的水滴领旗袍和千层底绣花鞋，刚刚好。

入住的是清风别院，我喜欢这个名字。想起那句，"你若盛开，清风自来"。四月的西塘，莺红柳绿都是盛开仍含苞的样子，像昨日的那片郁金香，像与爱情有关的故事。

导游带我们穿过明代建成的五福桥，参观已故上海市副市长倪天增的祖居地倪宅，《像雾像雨又像风》就是拍摄于此处。我的祖父母居住在华中科技大学，我的外祖父母居住在昙华林，也都是武汉必去景点。感谢我的父母给了我那么好的出生环境，我喜欢而向往的一切仅仅只因为亲切。于是我看任何值得敬畏的风景都因有了一层淡淡的欣赏而变得生动且靠近。

本来游古镇我一般不需要导游，直到去了江南瓦当陈列馆，觉得确实多了一个知识点。所谓"瓦"是寻常百姓家喻户晓的，所谓"当"是大户人家才有的，更显错落有致的层次和完整流畅的美感。我今年第一次自己设计装修自己的房间，深深体会到细小纹路是如何影响到整体风格确定的意义。所以读万卷书真的要行万里路。

石皮弄，石薄如皮，弄深而窄，是最有感觉最具特色的一处弄堂。身下青石板极薄，轻触有悦耳的乐音，清脆亦悠扬。很想赤脚踏上，慢慢抚弄，可惜游人如织，无法驻足贪享。但念旧日庭院深深深几许，如此等到今天，迎门见客，已是幸事。

西塘的雨廊是江南水乡独一无二的，烟雨长廊正好微微下着雨，真是浪漫。粉墙乌瓦，散墨沉影，已是醉人，更有微温小雨撩人，鲜活而惬意。我在长廊的小商铺里选了一双合脚的皮鞋，几百颗手工串珠组成的粉嫩樱花落在粉蓝柔软的鞋面上，很精美漂亮。走路的时候总是要很小心，好像怕我的那些花儿会不见。这双鞋子比我二十岁生日那天的第一双粉色高跟鞋更有味道。因为二十岁的故事充满绝望，现在的故事，充满希望。

## 2. 乌镇慢

"记得早先少年时，大家诚诚恳恳，说一句，是一句。清早上火车站，长街黑暗无行人，卖豆浆的小店冒着热气。从前的日色变得慢，车，马，邮件都慢，一生只够爱一个人。从前的锁也好看，钥匙精美有样子，你锁了，人家就懂了。"（木心《从前慢》）

乌镇的木心故居收录了其许多文章，我竟找不到这篇《从前慢》，但也可以的，因为，我记得。

距上一次到乌镇也有四五年了吧，广西班结业的暑假，那时满目都是西塘的瓦当石皮弄雨廊，乌镇东栅没有多么热热闹闹的，况且，好像也没有多么显赫。或许因为，我都是白日里看的，见多习惯的生活平常，并未领略她的夜阑风情。而今我仍是白日，却也就了乌篷船的小摇窗，慕了水乡木屋里的人们。

江南的大雪节气，却是温暖的，蓝天白云秀林如春，白墙黑瓦玉石板，美得似乎是千篇一律的。但倘若是刻意寻味而来，还是微微不同的。比如那迎门的木兰含笑花，隐了她醉人的香气，我寻思吧，不觉冷的冬也是冬，她能任性地结个花来，怕不是着急了季节，香不香都是芬芳的。竹林和水杉就无需担心了，总是兀自挺拔坚强向上的。贡献了沿岸边际的木色与青色，一如小镇的守卫般，一岗一哨一桥一水，三屋四户，规规整整的。

水自然是极清澈的了，琉璃一般印着，水里画的，还是一岗一哨一桥一水，三屋四户。水波照进了沿岸的窗户里了，像瀑布一样落落的，一帘秋水。

### 3. 塘栖风情

清晨被它吵醒了，它有着黑色的毛，白色的皮。窗外微雨不歇，窗棂上，挂着和我眼里一样滴滴答答的水。我想我应该把《古镇纪事》写完，开头应该是这样的，白墙黑瓦白衣黑影白底黑字地记着，那一片似曾相识的相思。素人如我，有一个朴素的愿望，有良田数亩精雕细刻，兀自芬芳。所幸，我有，所不幸，我走。

　　我怎会不解那些粗糙的温柔，坚贞如磐石固执己见的笨拙，延伸出运河上不可或缺的小桥，台阶那么低，低到尘埃里的，凌乱单薄。还不如那当街里弄的经营有模有样。各色斑驳的低阶还是好看的，粉的紫的绿的，让沉甸甸的历史老桥悠然混迹出踏青的味道。我以为古镇的水应该是清碧的，却略嫌昏黄，居户生活和泥沙堆积，还是有失落的，为了适宜生活丢了仙气，母亲河还是不如西湖的美，西湖就明丽多了，引了钱塘的活水，又深刻又清澈。

　　我不爱那昏黄，即使方志馆有云，韫玉良缘，韫也是带着那抹挥不去的愚顽的。凝重着磐石古木的魂，若不是蔓藤绕梁的婉转，总是冷淡的。俗气的温度留给藤蔓，家的一半是家居，各种藤艺家居，落俗得挺好。

　　古运河的风光画风还是正的，七孔的广济桥彰显着曾为京杭大运河上的一个千年重镇。而今周末的时候，亦可行至杭州的市中心的。生活是自己的，朝圣是别人的。风骨是自己的，繁华是别人的。古典就好，雅不雅致都可。古朴和简朴毕竟是千差万别的。古运河是有故事的，所有的古都有深远流长的历史，不可能不迷人的。去解读本身就是一种偏爱。我从来不喜欢攻略这个词的，游记，游和记，这种文体很美的。

上游的商业街镶满了昏黄的壁灯，造型有编钟之感，很是有韵味。大红的灯笼也是有的，也是那抹昏黄，温温软软的，柔情蜜意的。

塘栖古镇始建于北宋，距今有一千多年历史，明清时期更是成为富甲一方的江南十大名镇之首，塘栖的古建筑颇具特色，深宅大院引生出一条又一条的培路。据说旧时全镇共有弄塘七十二条，标准的水乡，处处是河。

很喜欢水乡，每一步都是诗。处处散发着独具匠心的宛若天成，精致唯美的格局，令人赏心悦目着望尘莫及。昼行夜温，白日的古朴雅致，净墙黛瓦。入夜的韵致出彩，鳞次栉比的万家灯火，好似人间银河。恰是墨色漾开漫树生花，阁楼如玉砌精雕，里弄人家的灯火温润明媚重彩沉淀。夜游千年古城的古运河，行船上导游软软地浅吟着《春江花月夜》和《茉莉花》，你会了解，"醉里吴音相媚好"。吴侬软语弥漫而悠长，嗲嗲的，凝聚着江浙情感和抽象思维的语音社会表现，塞音韵尾丰富，调类首屈一指。

塘栖的街市最为出名的特点，便是遍连全镇的廊檐街。清代诗人王拭曾有一首描写塘栖廊檐的诗，诗云："摩肩杂沓互追踪，曲直长廊路路通，绝好出门无碍雨，不须笠屐学坡翁。"曲曲直直的长廊将全镇连成一片，出门连下雨都用不着戴笠穿屐了。缘何空了那廊坊，躲雨躲成了等雨似的，还连绵成了特色风情。

镇上的街面全都沿河而建，落成在屋檐里面，俗称过街楼。靠那一条条河道、一条条街，全都用高高低低的石桥相连，全镇共有石桥三十六座半。就连那些高高低低的石桥上，都十分讲究的大有桥棚，使得来往的行人雨天淋不到雨水，晴天晒不到日头。这廊檐街之广、之盛，在江南水乡可以说找不出第二家，名震整个江南。

水北街区的历史遗迹最多，美食最丰富了，能够体验到一些非物质文化遗产和江南独有的传统艺术。我想说那一碗鳝丝面是真的好吃，在杭州这一年，哪家面我都看不上，干脆不吃。那一家有我大武汉热干面的感觉，千里万里，还是只有热干面和类似热干面，才可以打动我到热泪盈眶啊……

# 杭州临平山纪实

## 1. 东来阁

我本来是一个慢慢慢慢的人，风景我会挑有底蕴再看，资本这种东西，我不要只是徒有其表的数字而已。

我不喜欢匆匆地赶趟儿，杭州那临平山的东来阁，每天都在我栖息处的窗户那儿印着，就那么闪闪烁烁的，白天的时候，和黄鹤楼有点像，晚上的时候就像大桥下江滩的房子，定个睛，变个色，眨个眼，变个色，我心情就那么豁达一下，人间也不是那般的寂寞了。

只是消愁是对不起山的，读山探海，我都是认真的。夜行东来阁和西佳阁，我都是浅浅了解一下。

九层的东来阁还是很亲切的，自上而下，顶层的日月同辉可同期……如果九月我顺利开学了应该会有心情再看看，我喜欢临山望日出的壁画题联，"日月悬相抱，登临起暮愁"。

八层的宝栋叠华、断山残雪、鼎湖玩月是我寻过的景致，宝栋叠华的梁像极外公的私宅，很亲切的。断山残雪顾名思义定有凄美的典故，司机也曾很是诚恳地告诉我，他以为那是临平山最好的景致了，而我实在熬不起再多一程冬天。鼎湖作为临平的东湖，并没有予我更多的联想思念或是隐喻寄托，或许还是契机不够的缘故吧。

七层的藕洲泛艇、龙洞祈年、安平晚钟，染尽那一路的风雨，我就是故意的。我喜欢那些字句，水香浮月华，落日临平路，竹烟敲火煮山泉。

六层的苏村桃李、梅堰渔火、洋园春晓，也是意境确凿的，"却是双红有深意，故留春色缀人思"；"樵客出来山带雨，渔舟过去水生风"；落日半街霞未徽……

在五层四层三层平台远眺是很通透的，有中文极好的加拿大人，看着很佛很喜悦的。"杨花卷尽藕花开，今人古人俱到来"。

二层仿佛是有餐厅或者茶楼的，我还没有研究得很清楚，一层的历史画卷很清晰……

## 2. 临平山

凌晨两点半，我一个人逛临平山公园。山上还是有些许柔光，但更多的是空无一人的大片黑暗，我不是不恐慌的。我为什么要作死，妆容艳丽轻佻大半夜地爬山……因为我要走了，离别是一种无法言说的伤。

我用了十天的时间稀释忧伤，成年人的世界，有什么好埋怨。临行前，我只想随便记住哪怕一个地方。一处就好。本来也想过躺进西湖湖心人民币一元背面的地方，成本太高，还是日常一点吧，所以选了临平山，我步行可及的地方。

说它是山还真是平坦，武大的珞珈山千万不要比了，华科一百级的喻家山或许差不多吧，没有山的望而却步，却是秀丽的，是苏杭的味道。

"离樽闻夜笛，寥亮入寒城。月落车马散，凄恻主人情。"丘丹的作品我并不熟悉，但是雕塑壁画的那副字词，甚合我意。凭榄远眺，我并不想看清任何地方，但视野开阔一点，心胸也会开阔一点吧。

东来阁是我每天上班都可以看见的，阁楼紧闭，题了"临平梦华"，难得的苍劲有力。我不习惯江浙的男子，毕竟我血液里还有山东的北方豪情。苏杭的景色是醉人的，苏杭的男人可能也是醉人的，但是我不知道。

我有一篇论文研究吴语，提纲、思路、参考文献都准备好了，就等着月底完工，要说我想起了谁，那是不值得的，只是我职业生涯应该做的论文而已。

苏杭的男子，若是太精致了，真是可怕。说话也是温婉的，选人也是玲珑的，你一言来，我一语去，眼神也要似望非望了，连个"啊"都要一惊一乍的，短促的，很短促的，好像把无限的感情用最短促地表达就不会失了水准，饱和度高着呢……

我喜欢东来阁的钟声，哪里的钟声我都喜欢，但是别处总是很久响一会儿，东来阁的钟声风铃似的，它不带停的，就那么一扬一扬的，好像我要它唱它就唱了，其实它是不曾停的。好像要我写我就写了，其实我也是不曾停的。

我很想去日月同辉和断岭残雪，不忍心耽误同行的，这匆匆的一觑，就先这样吧。

# 灵隐寺

和雅思 6.5 分的小妹妹去灵隐寺求"逢考必过"，还是要纪念一下的。

我听说寺庙里不适合拍照，但是灵隐寺景致确实精妙绝伦，恰好又认识景区工作人员，不忍负了人家盛情，病了一周喘得颤颤巍巍的我还是匆匆浏览了一小片区域。

别处的山总是山，寺总是寺，佛总是佛，而灵隐寺的山峰总是满载着尊尊佛体，寺庙也是，不单纯是主殿供奉着，各面的墙体都虔诚地，堆叠着群僧众相。据悉，在飞来峰的崖壁间，镌刻有历代的石窟造像和摩崖题刻，飞来峰造像更是在 13—14 世纪的中国石刻艺术史上具有不可或缺的地位。

浅叩大雄宝殿各面佛祖，敬仰拾级深山竹林，有弘一法师处，导游说正是写《送别》的才人：长亭外古道边……那正殿再往山上，有司文科举的，我们很是小心翼翼地求拜了一番。

500 罗汉旁有现实版僧人念着经书，他们齐整地坐了好几排，我看他们各自的表情严肃而端正，并不过分年轻的脸上凝着岁月时光的沉稳笃定。我们猜，恐怕都是硕博以上吧……

沿着寺外小瀑布走着，竹艺小店和素食小馆漫街漫道的，我还是选了素描餐厅，素描餐厅有着名副其实的感官，每一道出品都色香味俱佳，而我还是最爱那盅米酒，干冰缓缓仙云雾绕着，把隔不开的玫瑰花瓣，幽幽的香浸入无需醉的酒里。

# 西溪记

枯藤老树昏鸦，小桥流水人家，古道西风瘦马。夕阳西下，断肠人在天涯。

西溪记，祝轶君同学嘱予作文以记之。

我知道"非诚勿扰"深潭口景区纯属无意，热气球也是无意。好多被刻意的经典景点，迟早会遇见。

避世如我，清酒浸书的日子年复一年，江南古镇也淌过，白墙黑瓦白底黑字一篇篇的，也差不了多少。木屋银店、小点轻食、静水远流、低桥雕窗、幽灯探路。溪上人家兀自以竹疏离着距离的，仿佛那旁的浮华繁盛热络还是西湖的。小店的手工艺竹制品很是精巧，尤其女孩子的耳坠子，都是重彩的，水滴形的多吧，圈圈圆圆的，步摇也有的，上有垂珠，步则摇也，传神写意的灵动。

平平凡凡普普通通的一天，只是晚风起得重了一点，漫天漫地的叶片如蝶舞，看不清悲喜的气氛，只是美。初春的暖风把深潭口的一岛梅香铺天盖地地送到游客的鼻翼唇梢，触着，扯着，浸透了去。

西溪国家湿地公园始起于汉晋，发展于唐宋，兴盛于明清，衰落于民国，再兴于现代。

三堤十景的西溪国家湿地公园，彰显着"梵、隐、俗、闲、野"的文化特质。河渚街"以岛为家、以船为马"的水乡，谁能想到，竟深藏了杭州唯一高空氦气球体验项目。莲滩鹭影时蒹葭泛月，渔庄烟雨时河渚听曲。

河渚街的古朴有了染坊的增色更是熠熠生辉，像汇了那天的天蓝和霞光的橙紫，或深或浅的，一行行摆了，再把那白木屋绘了重磅的名著，家喻户晓的，末了，却是裸裸一句，"西溪且留下"。还不如那对面揽胜的塔上对联通透得满溢，四时锦簇四时景，八面云开八面风。

用了一个小时逛了西溪的"非诚勿扰"取景处，我经常会想去某个无人问津的小地方躲个十天八天的，风景必须要美如画，人迹要罕至，幽幽静静的，容不下别的人。西溪的末班船我很想包场的，并没有，熙熙攘攘的人喧喧哗哗的，让我很忧伤。但是河道还是好的，只容得下一叶扁舟的河道，还是尽可能狭窄了，把喧嚣熙攘降到了同船数人而已。不要交汇，不要遇见，不要别的人。我只想静静地看着柳暗花明，静静地看着隔着西湖的山峦迭起，静静地听西溪浅吟低唱的小心思。

我甚至看了《非诚勿扰》的电影，舒淇的，她跳海的那段说的，觉得自己无助而猥琐，所以她跳了。就觉得吧，果然有钱还是好的，我这种无助而猥琐的人顶多想跳湖，格局还是差远了。

夕阳晚霞的华丽跌进水乡人家的浣纱溪，莫许杯深琥珀浓，醒时空对烛花红。让好生生的日光也恰似孤凄凄的静影沉璧似的，垂青了水花静月的孤绝，给予水村漫迹的温情遍洒。

其实西溪的白鹤挺好看的，《红楼梦》我最爱那句"寒塘渡鹤影，冷月葬花魂"，史湘云和林黛玉对的诗。但我也不知道那句放在哪里比较好。就这样吧。

# 钱塘江

　　钱塘江流域是中华文明的重要发祥地之一，从史前时期约 10 万年前新安江支流寿昌江畔的古人类活动至今，钱塘文化跨度横亘古今，其文化底蕴是杭州发展最持久深厚的力量。

　　钱塘江文化先天秉承了"海纳百川、兼容并蓄"的特性，从时间维度看，它囊括了越文化、吴文化、三国文化、吴越文化、南宋文化、民国文化、红色文化等；从地域维度看，它囊括了中原文化、江南文化、山水文化、水乡文化、钱塘文化、富春文化、新安文化、严州文化、西湖文化、南堡文化等。

　　钱塘江河口呈巨大的喇叭形，外口大、内口小，形成被誉为"天下第一潮"的奇观"钱塘潮"。

　　每天都是论文论文，我真的很想写一下矫情的游记，宋城的婉约，钱塘的潮水，塘栖的枇杷，孤山的梅花。因为我喜欢李清照的《如梦令》和《蝶恋花》，喜欢钱塘江上大桥碑文——茅以升的《别钱塘》，喜欢塘栖的方志馆。

## 1. 不通透的惨淡

早上六点惊醒，准备上英语课，群里赫然写了下午两点上课……其实，有的人频频迟到，真的不是不重视……就像我再一次错过了回武汉的火车……

我要抒情了，要抒情就得选个题目，我看了看窗外的钱塘江，毕竟不是我熟悉的，就不好怎么抒情，恰好是听见有人念英语，然后我就很欢乐……虽然那么努力的人又不是我……

想来，还是写窗帘吧……这白纱窗帘是我的风格，就是摆了千千万万，我一定也会选这个窗帘的，这是唯一没有疑义的，没有模棱两可的。至于窗外是钱塘江还是长江，西湖还是东湖，由不得我选，但或者也是都可以的，我也感性地觉得没有什么不一样吧……

前些日子，我亲爱的小姐妹认为有篇她负责编辑的稿子是不是我用新的名字写的，我匆匆地看看，描写的句子的确是温柔的。但是人家的温柔脉络清晰，我的温柔就轻浮多了，缥缥缈缈的，哪里有什么主题。

我请了十天的病假，准备回去做喉咙手术，其实我觉得病着的声音并没有什么不好，比起我本色的轻飘飘的声音，总还是难忘的。

隔离完了关着上课，上完课了关着住院，我要的美好的与世隔绝，一想到不敢不上班和不敢坐吃山空，焦躁就不是一点点。村姑邸也是越来越入世了……

我要画一幅不通透的惨淡，你管我深不深刻。

## 2. 花青山峦杭帮菜

忽然觉得，清淡一点的杭帮菜也还是好吃的……

这几天准备喉咙手术，难得请假休息又饮食清淡，看看风景看看电视，写写论文画画花鸟，活得真是梦一样美好。虽然英语课还是半懂不懂的，跟着混也还是勉勉强强的。

我算不算一个很努力的人？可能还是算的吧，一辈子做一件事的人真的不一定做到极致，很多时候很多人，就是平平庸庸地把一件事做得平平庸庸的，比如我。然后就继续不甘心继续放弃着，就像永远赶不回本地赌着。

写点美好的。其实傍晚时分看山峦，并不是黑色的，映着天的蓝，有花青的错觉。

那么，看得见美好，我还有什么不知足？

### 3. 夜行钱塘

凌晨四点繁星漫天，我在窗前一角数了数，七八颗吧。我想起了《西江月·夜行黄沙道中》："明月别枝惊鹊，清风半夜鸣蝉……七八个星天外，两三点雨山前。"

其实我是想写月亮的，但是凌晨四点到凌晨五点，一个多小时，我一个字都没写。直到星光尽退，天色清朗透亮，云轻轻薄薄的却也向前走着。

钱塘我也写不出个端倪来，侧耳倾听良久，我觉得吧，不是哗哗的澎湃急促，好像流淌的河流。那个时候有人演奏着 *The Sound Of Silence*。

我还是一直在路上……凌晨三点起床匆匆赏月，只有几颗星，遍处桂香还是甜美的，上一整天的课还是头晕的……

终于回到家，一轮满月还是攒足了情怀和思念的。

某次不知道在某个地方或者是某辆车上听过一首歌《月亮偷着哭》。歌词中唱："天上海上没有路,月亮在偷着哭。思念如风吹不散心头的孤独……期待如酒醉不出梦中的幸福……"

今天在合肥换乘,很想去一趟张爱玲的小姐房,太累了……牵牵落落的于车站有一处小书店,前言后语。买了郁达夫和池莉的,却也看不动了,火车上一路睡着……

还是写月亮吧,我定睛看的时候,她轻盈欢悦地穿过朵朵的云层,她是不是轻盈欢悦我不知道,我只知道,月亮偷着哭。

## 4. 专业风格

课一如既往地听不懂,但是这周最后一次作业的时候终于觉得老师教得好了,他竟然如此讲究图表的美观性,实在是学者必备。日常自学的文化课感觉有一篇文章的作者和我论述结构极其相似,我猜他不是高校教师,果然,是某非遗保护中心的。我如此有自知之明,说明我的学术道路还很漫长……

晚霞很美，不小心又看见对面楼的小哥哥，他真的是无日无夜无节假日啊……此刻中秋节的晚上十一点他还在加班……

看了十四中校友朱一龙的电影《峰爆》，除了怕水那段感觉矫情过了一点，感觉好真实。我就喜欢这种日常生活的电影，有人说灾难感不强，但是我以为吧，普通人的灾难本来就是那样，再爆裂之后也只是浮出水面的山清水秀。

### 5. 钱塘夜游

我一般是很少出门的，在学校边上就不一样了，我就喜欢浪费时间慢慢逛街。那小叶子长了个"爱心"，还泛了红色就好生惊喜啊，还有那只小胖鹤，它走在水面浅石级上，水没过腿，像极了我去江边海边的样子。晚上很多学生会在江边放孔明灯，他们会在灯笼上写满心愿和名字，然后灯笼就飞得很高很远。但是我就很俗气了，我喜欢把自己画的灯笼挂在家里，风筝也一次都没飞起来过，也挂在家里，挺好看的，和壁画差不多。

我想了很久想到一个词，叫作爱屋及乌。本意就够了，没有人，我有梦。

## 6. 大风大浪大秋秋

博士最后一门定量分析 8102 考试，邱同学还是情不自禁地赶潮了……

其实对于我来说学业和工作是一样的，我都没把握的，我怎么知道我混不混得过去……但是我还是很欣喜的，虽然我不学无术术业无专攻，但是疫情以后的杭州岁月，我还是快混完了全部课程。这一段剥皮抽筋的日子，我毕生难忘。

该认真写潮水了，我第一次知道浪还是有时节的，作为长江边长大的人，我就没见过大风大浪，我就想见见大风大浪。从桥下那条白线隐约可见的时候，人潮就推着我到了观潮台，浪潮一直迎着我扑面而来，从远远的到很近很近，可能我没有置身其中，感觉并不汹涌，还不如在新马泰的时候恶劣天气里的海浪，卷着我们好像船随时都会倾覆。今天的小潮水吧，还是可以和海浪媲美一下的，毕竟江风太温柔，总觉得推不出个沉浮来。那是谁推着它走的呢？走得坚定一波三折卷着一个个小旋尾，这么好看。一程程地穿过，赶趟儿似的。

## 7. 一帘秋水

我对下沙大学城的豪宅学生公寓不能不抒情。

公寓楼下是两条步行街，全部都是各种美食，我沿着街顺数试过几家，都是物美价廉的好味道。尤其别墅的装修风格也甚合我意，白天仅是建筑的形态各异就很吸引了我，晚上一片霓虹笼了去，就更是风情。那光是流转的，从上而下地洒了落了烟花开了似的，却不短暂，不徐不缓地续上，再一飘一躲的，却不闪开，迷迷荡荡的。

步行街往前是钱塘江，白天的时候，总有那么几只小白鹤踩了光斑波的水面碎钻般的明耀，晚上吧，就把那霓虹收了去，晃着我的神，和那些烟花落了似的跌了躲了的，迎个满怀的，收了一池摇曳。

半世烟雨半世落花。我就喜欢这样的天气，仙云淡雾的，风近微颤，雨近迷离。并不是薄凉地，把初春的味道渗得一寸寸地入骨，腰带终于不是摆设了，紧紧的，一步步的，亦步亦趋的，飘摇在深深的、氤氲的涤荡。

## 8. 一览无余

这么多行李，我要收拾好多天……

今天的心情百感交集，面试发挥得异常地好，有点得意忘形，但是搬家真的让我好有失落感啊……

我要抒情了，楼下的水面是看不出来有什么波动的，但是光照在上面跳跳跃跃的，就不是那般静止。早上我看见白鹭前的水面不是碎钻的斑斓，而是好几片规规整整的一方一方的，有小桌子那么大吧。

我在说什么呢，我在说我的心情，欢欣或是失落都是洋溢着表里一览无余的。那么大那么多的一片光明，换了番景况的，变成了小闪烁，浮浮沉沉的，是什么牵动了我的情怀呢？我也是不知道的。风并没有和寻常有何不同，夜色的笼罩也是一样的，那是什么缘由让我失落呢？还是因为我挥不去的普通而日常的对家的向往吧。

# 瘦西湖

"故人西辞黄鹤楼，烟花三月下扬州。孤帆远影碧空尽，唯见长江天际流。"（李白《黄鹤楼送孟浩然之广陵》）台风日子寻湖访景，恰合了太白诗印。

而导游词的曲目，只有一首《半壶纱》，檀香拂过，玉镯弄轻纱，风月花鸟一笑尘缘了。南门的长堤春柳，三步一桃五步一柳，雨后繁茂的粉荷，恐不让绿肥红瘦的，把隔岸飘摇的柳枝和芦苇笼络着，所谓荷浦熏风。我适逢极端天气来此真对：人一复杂，我便无感；背景一复杂，我便定不出主题。荷花池的波光温柔滟潋，透过藕香桥镂空处，镀上郯光。注目为吸引，驻足为贪恋，回首为沉醉。

"蝉噪林逾静，鸟鸣山更幽。"（王籍《入若耶溪》）一路鸣蝉四起，莺歌燕舞。四桥烟雨适合安静的样子，比如我逆着光拍摄的，淡墨刚刚落笔的国画般的小桥流水，竹筏如剪影般。

我早已习惯了为风景拍录题字，尤其小金山和莲花桥，我总该补上了这样的领会。午后的阳光将全身和影子连成一片，接上了那如匙孔般的门和如我耳环般的雕花，门楣处的对联映入楼内。小金山的典故我略知一二，所以更亲睐"梅岭春深"这个别名。曾听导游说莲花桥是《西游记》的取景之一，我特意在桥背面补拍了一组。许多人都是入景即拍，我学不来，即使勉强努力，还是不如出镜时信手一笔来得通透。

卷石洞天是二十四桥景区的一处。从"花看人影太匆匆"的红桥走进石山之中，实在是我心仪数年的庭院，仿佛故地重游。那些叶片，我还记得叫作"深山含笑"。

落帆林道那些粗犷的铁链，让我觉得亲切。也许我也是江城人，融入这样的景致太容易。还有的，还有春熙台，众人熙熙，如登春台。

# 温州的海

## 1.路漫漫

为了毕业论文的指导和QE（博士资格考试）我寻了三座城，变量分析最简单的图例在最后一站才听明白，真得感谢汤楠老师、易普金老师和莫祖伟老师，他们一条线一条线标注出来详细地解释给我听，当然李军君老师也讲过，但是我不好意思伤她说我没有听懂……我记得重庆站的主办小学妹说，她硕士论文写了150多页，我也记得云南站的刘畅老师尝试定题的草稿是一整本，应该也有近百页，我还记得广西站的刘金峰老师，他说考博和雅思准备了10年……所以呢，我才追三座城就明白了最简单的变量图有什么不值得，又有什么好自卑。

我很多朋友都觉得我有强迫症，因为读研的时候，我每年都报了考研，然后三四年读下来，每次考研的分数都很稳定，并没有提高，好在，也没有降低……

可以说，做历年真题是我的爱好。人说学习如逆水行舟，不进则退，我多年以来，非常努力竭尽全力地保持了不进不退……

进步哪有不艰辛，邱同学还要多努力。

我真的很感谢这段生涯里所有得到的帮助，不管尽不尽人意，我总有一天会学得更通透一点。岁月总是流逝得猝不及防，但是走到这一步，管它过不过，我都一路的热泪盈眶啊。

秋秋加油。

## 2. 学海苦吟

单科最后一门，虽然我提前庆祝了过关，但还是足够让我心潮澎湃。毕竟，我付出了我全部的青春和不顾一切的努力。

为了庆祝，我特意从杭州赶到温州和我们博士班的孙小红班长、诸常初老师、王大将老师、吴飞霞老师一起共商 QE。作为一个小组的同学，我们常常凌晨三四点的时候还在赶公共政策学的课程论文和汇报PPT，还有跟四川的王维老师畅聊雅思到不眠不休，还有重庆的周睦珈老师和湖南的黄倩辉老师，我们最喜欢的事情就是凌晨三点在群里发："睡了吗？"然后一定有人回复："还在改论文。"……月底注册全科综合考，下月初考试。侥幸过的话，就可以写毕业论文了。

我的高中女友夏夏今年特别光彩照人，其实我每个阶段都只有一个、最多两个朋友，女的也是，男的也是。他们都朴实无华，而我负责浮夸。朴实无华的人一旦光彩照人，总有势不可挡的魅力，可能就是我没有过的深秋的味道，我只是过不去的春天。光彩夏说她要找个老伴，还关切了我，我想了想，我配吗？我还在苦海畅饮浅吟。我的博士同学们也是很关心我的，然而，我还是一如既往过着"孤寡老人"的生活。

这几天杭州一直下雨，楼下的小河道就没有那么多小蜻蜓飞来飞去，却有了几只小胖鸟，不惧怕人类，安安定定地立在小河道边，立了好几个小时。我觉得人间应该是美好的吧，花鸟鱼虫都环环绕绕的，多么美丽的生活啊。我的心理也并不健康积极平静祥和，并不是什么好事。其实我并不想一天到晚地矫情，但是我办不到。

我觉得我这样的村姑还是应该去一个适合活着的城市，孤老邱再也不想北上广了，我要去一个荒无人烟又很容易存活的小地方，孤独终老。QE 过不过都无所谓了，人生就那样吧，得过且过。当然了，该看的书该考的试我还是要完成的。不想拼了，拼不动了，我要睡个十天八天的，然后相亲个十天八天的，找个庸俗得不能再庸俗的人，一了百了。但我也只是想想而已。没有退路。

今年下半年我决定尝试韩式料理，决定了很久，前天才去。点餐的时候晚自习刚下课，已近十点了，餐厅播的容祖儿的《小小》，加酒的时候播的《恋爱画板》。老板给我们加的乌苏，我笑着告诉他，我点的麒麟。

其实我想说，我更喜欢老一点的歌和烈一点的酒。

### 3. 温州的海

尝试一下海味。

这小区很像我的光谷八号，楼下不远有一处清澈明朗的湖水，我问了它的名字是人工湖。这名字真是简单坦荡，像我的水准，我定然想不出莲藕荡那样的名字来。但是我不想写光谷八号和湖水，我要写海味。

所以我上一组照片定题，写的是浙江的海，以往写海最多加个探索或者沉沦，这次还是不一样的，我要写尝试。

我喜欢海的味道，海的味道除了呛水的咸，应该就是它的海产了吧。我今年生日在三亚过的时候沉浸在海边，捞了几条胖乎乎的小鱼，我想把它们带回杭州养着，不知道它们会不会在清水中活下去，为了让它们有家的感觉，我还拔了水草造景……当然很遗憾，也没能活多久，不写了。

我在苍南的海边也有想把贝壳挖回去的念头，恰好有几个男孩子拎了一个透明的袋子，里面拾满了海贝。我想但凡时间充裕，我也会这样。我要把它养起来，奄奄一息的时候煮个汤。有种说法是"种瓜得瓜种豆得豆""靠山吃山靠水吃水"。多么诚恳真挚的家国情怀。

其实海味的贝壳真的很鲜，一体地牵连着海藻，淡水贝没有的；特色的紫菜是真的好吃，由于太好吃了，我忘记要写下来……长得像钉螺的那个也是很好的，不放辣的海鲜就像原味奶茶，原味本身就是最好的。还有那个煎包，由于太好吃了，我忘记看它的馅是什么了……依稀记得馅是细碎的肉沫青菜，细碎但是又不散开，汤汁也是满满的。

末了记一下镇上的夜景，我这手机说是一个亿的像素，拍得真是差强人意啊……镇上的房子是很好看的，夜里一户一灯很是婉约连绵，山上也是一步一灯的，和了星光灿烂，十分谐调。

# 广济寺

　　我从未想过，旅行至这样一个地方。那木屑的芬芳，那桃核的诚挚，那些树。

　　广济寺位于赭山南麓，建于唐代，1983 年被国务院确认为全国首批重点寺庙，重点文物保护单位。相传唐玄宗开元年间新罗国（今韩国）王子金乔觉渡海来华，在寺内修持三年，后去九华山开创地藏道场，因此广济寺又名"小九华"。寺内佛像百余尊，全寺依傍赭山，殿殿相连。

　　广济寺，佛教，藏经，这些太过死板的东西，却孕育了一种树，它有动人的叶，宁静的花。它的名字，亦是我不经意间偶得，广玉兰。

　　落花已做风前舞，又送黄昏雨。晓来庭院半残红，唯有烟丝，千丈裹晴空。

　　在入口备香烛的时候，我看见两串熟悉的手链。

在我钱包放照片处还存着《石头记》的票根。我喜欢纯粹的东西，或许与华科西门的苗圃情缘太深，木屋的长廊，望见的尽是深深浅浅的绿色植物，触拂贴近的全套木制家具，都是家人亲为，那些香味穿过我的发肤，如梦纷呈，如幻浸染。

　　第一烛香，留在放生池的石台。善男信女都懂得不着火的静谧代表什么。我从亭台往下看，水龟们游畅犹欢。武汉的归元寺，上海的城隍庙，也都有这样的池塘，却是鲜艳的红鲤较引人注目。而广济寺的红色，唯有地藏殿附楼的黄庭坚题字，映衬着铜制观音在岁月中洗礼的斑驳。

　　从红烛熏染的正门穿过那些新建的大雄宝殿木梁，施工的师傅介绍说，那么一小块进口的原材料需要一百多元人民币。我喜欢的，不过是那熟悉的呼吸中纯净的气息，却未曾料到，那一心向往的简单，竟成了商品。在雕花木窗的小店角落还陈列了桃核的手链，那久违的心仪虽然粗糙，却亦不失为唤醒心跳的实物。我曾经有那样一枚项链，雕成锁的形状。在我蜿蜒的生命线中，磨过桃核之螺纹，含下核仁之微甘。眼神成了泪痕，笑容成了忧患。

若不是为那药师殿的一印，我一定不解桃核之另一极限，北端顶点的陈列之物，佛教专用证书。或许这只是一个仪式，却偏偏有还愿一说，令人禁不住怀念。所谓迷信，我知道不过是走投无路的人给自己寻个安慰，而一旦成了信仰，便俨然使徒般心醉而神痴。如我爱那广玉兰，绿也绿得深沉，白也白得干练。

　　殷勤花下同携手，更尽杯中酒。美人不用敛蛾眉，我亦多情，无奈酒阑时。

　　我不曾见过木屋之外的别样温馨，却也眷念那恍如隔世的琼楼，落英缤纷的琉璃。在广济寺广场的两侧，一边是锦旗翩翩的茶楼，玲珑微缩的小桥流水替迎宾谱出欢悦的接洽；另一边无染尘埃的铁画店，玻璃橱窗的外檐上有组合居室用的立式，大型精工的壁式铁画依序呈现在正面的主墙壁，珍藏版经典铁画则置于交易台后的侧墙，折返过来，还可在绕一个弯的侧壁上发现铜画，展示木柜上也分层摆放了许多。

　　沿级而下进入市区，左边是皖南医学院和赭山公园，右边是安徽师范大学和鸠兹广场。那便是芜湖最繁华的步行街了。我曾经试图在此居住，上晚自习，考研。我的左手还戴着西双版纳的细镯，那倔强的易碎品，在日新月异的凡俗世事中，那样不协调。我却不忍摘下，唯恐缺失了一个香格里拉的美梦。我的右手着一环链表，极少有金色能令人愿意原谅它的张扬，去欣赏那些功能。我本一心寻一块银色腕表来换下那迷离的欲望色，却在渤海的畅泳中，感动于它表面钢化玻璃的强抗腐蚀性。

我收拾起记忆，从步行街到商业街。我一直把商业街当作新步行街，芜湖的出租车司机们一再更正我的说法，师大的研究生校区和教师公寓确实就在那一带。穿过边界的建材市场、跨过汀棠公园的天桥、绕过层叠推景的九莲塘，商业街的入口处，便是九华山宿舍。

遗落在建材市场的香水烛台或许已埋在道路重建的第一站。行遍商业街，唯存迎客松铁画于家中。这一切，我走过、路过、错过。

一片南来北往的人潮如云尽散，留下望穿秋水的湖天一色。却无以记录那些亦真亦幻的纸醉金迷，浸过那一片湖，一切都已腐坏停顿。除了，时间。

# 宏村印象

我终于还是辞职了。想起旧日种种为入职所做的准备，那些挣扎与徘徊的青春。

办完离职手续，我去了宏村。喜欢宏村的恬静，宛若挥散不去的记忆堆叠成不忍失落的一个梦。或许只有在如此经典的古镇才有那么多的闲情逸致去勾勒出过往云烟般稍纵即逝的情感波澜。以温故之名，解当日之忧。

宏村的美，意味悠远。如此淡季，仍遍处可见写生的学子，教育系统指定的位置，该是实至名归的，总有些欲说还休的方式，来完成属于自己的故事。就像那南湖画桥，异曲同工了西湖平湖秋月的形态，却仍有自己的所向。行至桥上，不禁有温柔漾起，是宁可洗尽铅华的渊源。明镜梳妆的比喻极是。

南湖书院，建于清代嘉庆年间，为宏村家家户户居民集资修建，占地面积 6666 平方米，是典型的徽州书院结构。一个"书"字，来者如我，怡情如许，游历也罢，也唯恐疏漏了题匾的昭示，我一再留影，怕有限的行程握不住灵魂的厚重。就让，我扬起的笑意见证书香仍萦阁；就让，我舒展的眉梢宛如墨色凝入黛。当然，依湖六院，我还是会留恋文昌阁更多一些。只因了那一年的扬州行，掀开过尘封许久的情结，只因了那一场事过境迁的彷徨，再一次转变了我的文风。

沿着微澜的水圳，我参观了宏村民居的代表作敬德堂。相比其他几处典型徽派建筑，敬德堂实在朴素。门楼的雕刻一目了然，室内的陈设极简。的确是"千金门楼，四两屋"的最贴切体现，可见户主以志存高远的积极心态来勉励后人。宏村的屋子墙高无窗，只有天井透了亮来，防范戒心登峰造极。

"月沼风荷"是《卧虎藏龙》的一处取景点。月沼位于村落中央，状如半月，故谓月沼，亦称月塘。可惜我当时太过陶醉于那闻名遐迩的赞誉，忽略了景观构成所必备的完整性，遗憾到惭愧。或许这不只是初次行至宏村的疏忽，而是游览的方式太过随性，素质和水平都难以准确地捕捉到美的精髓。尽管，那氤氲的炊烟，那柔和的波光，我是记得的。尽管，乐叙堂那典型明代风格的题字梁架，我是珍视的，那具有高艺术水准的雀替精美木雕，我亦是珍视的。

道光年间的敬修堂，入庭可见百年国花牡丹，厅内儒雅之至，花梨木古桌保存完好，东瓶西镜不染尘埃，的确应了楹联那句"澹泊明志，清白传家"。

"民间故宫"承志堂系清末盐商汪定贵住宅，商鼎临门，名著映雕，着实壮观。那横梁卷幅为数名巧匠历时四年而成。徽商重教，家训必是要刻在家里，祠堂、碑文、族谱，都精致刻了立身处世和持家治业的人格塑造的训言。

看那五百年的参天古树，白果银杏，红枫杨树，是什么令我流连忘返？是什么令我频频回顾？十年树木，百年树人，它们扎根在那里，告别一批又一批的游人。以它们漫长的岁月年轮和独特的成长姿势，见证着宏村的发展脉络，见证着信念如何成为本能。

# 五岳归来不看山

## 1. 北岳：恒山漫步

"一望可相见，一步如重城。所爱隔山海，山海俱可平。海有舟可渡，山有路可行。"（北大未名BBS诗词歌赋版）

恒山确实不是泰山的雄，不是衡山的秀，不是嵩山的峻，不是华山的险。恒山是清清幽幽的。恒山的清幽靠道听途说的宣传委实不能尽述。就像不慕繁盛不慕浮华的素人，心境澄明的半藏花事。

徒步入山的盈门全然有丁香结芳，纤细淡雅。恒山的地貌特征很分明，我以为是风化层状的火山岩，百度介绍是石灰岩。总之层次感很直观。如果其他的高山仰止像不敢造次的书籍，那么恒山，就像引人入胜的屈尊，一页页、一步步陪着我读完。

补充一下恒山的得道书画院真的是门可罗雀，我想起2020年12月12日我离开武职回到杭州，夜里风雪敲窗睡不着，有一档综艺是肖永明先生对岳麓书院的宣传，总是无比感动。

丁香、榆树梅、樱花，恒山好像更偏袒梅花，丁香是大同的市花，梅花是武汉的市花，樱花是日本的国花。恒山如此偏爱梅花，让我愈发有种宾至如归的感触。有三位中央美术学院的教授练笔写生，我很想和他们一起。我敬重这种把爱好执念一生到登峰造极的人。我们可以爱一件事爱一个人，爱得很卑微无能，但是有的人不一样，爱一件事爱一个人会给他们地位给他们名分给他们声誉给他们流芳百世的将来。

岳庙群的苦甜井前，沁清风徐来，叹水波不兴。清风明月作声色，不尽不竭。松树很美丽的，一向刚直的松树，只有遇了恒山，变得圈圈缠缠。北岳正殿寝宫是锁上的，只能走过白云洞上贞元殿。贞元即恒宗，有着极险的陡阶。鼓楼有武大老斋舍的感觉，会仙府后的姊妹临风，我和另一位独自登山的极限挑战玩家小姐姐合影留念很多。

真正到恒山登顶并不艰难，最后三分之一的路平坦得很，可能是谷底藏宝风景奇佳，神怡则轻盈。不猛进的上坡路也是上坡，不煎熬的观光路也是观光。

我见过那榆树梅一簇簇地色衰，却另有雍容。从单瓣单层的樱色，到一片叠瓣叠层的绯粉，再到一片多瓣多层的娟白，是那不迷不乱的一世花期。我以为江西婺源也是有过的，我以为广西龙脊也是有过的。但还是不一样，毕竟，美人在骨不在皮。美人衰的是色长的是骨，庸人衰的是骨长的是色。恒山的山体吧，很适合国画，藤黄赭石牡丹红，再调淡了浓墨。

## 2. 南岳：衡山灵秀，心愿之旅

"生命的叫喊是从和爱欲的斗争中发出的，毋庸置疑，快乐原则在同力比多——即把这种障碍引入生命过程的一种力量——的斗争中是作为一种指南来为本我服务的。"——弗洛伊德

那是个悲伤的日子，大表弟的爷爷走了，他走的那天我在普吉跳伞，而应该参加悲宴的时候我在衡山爬山。我并不认为成长意味着麻木了欢喜悲伤，我也不愿意苟且着诗和远方。读万卷书，行万里路。我没有读过很多书，也没有见过千山万水，泛泛而走，我不愿意；深深品读，需要实力。但是我还是应该写一

篇游记，趁我还有抒情的冲动。南岳衡山是著名的道佛教圣地，朋友的公司团建，所以同行。衡山行其实是拾回一种搁浅，每个人都有很多搁浅和遗憾，搁着搁着就习惯性遗忘了。我不知道衡山行算搁浅还是遗憾，或者算成全……

余秋雨在《文化苦旅》自序中写道："我发现自己特别想去的地方，总是古代文化和文人留下较深脚印的所在，说明我心底的山水并不完全是自然山水而是一种'人文山水'。这是中国历史文化的悠久魅力和它对我的长期熏染造成的，要摆脱也摆脱不了。每到一个地方，总有一种沉重的历史气压罩住我的全身，使我无端地感动，无端地喟叹。"孔子说过："仁者乐山，智者乐水。"而我，真的在乎一纸辞赋诗文。

春雨荡漾，重雾锁山，目之所及心之所向，我以为山山水水层峦叠嶂就好，花花叶叶风姿绰约就好，蜿蜿蜒蜒跌宕起伏就好。衡山的樱花深深浅浅，有的长在悬崖峭壁一枝独秀，我爱绝处逢生的寂凉美。玉兰有庄重典雅的美，蜡梅有暗香浮动的美，樱花哪里美？武大的樱花我读了四年，刻意地赞重瓣复调的文艺美也可以，但是衡山的樱花有奇迹美，独树野芳佳木横置山脊。我认为山谷的娇俏蔓延是娟秀的，山巅的花团锦簇是婆娑的。

忠烈祠的结束语是南岳衡山神奇秀美。抗战时期的南岳是中华民族抗日战争史上的一颗明珠，是名副其实的抗战名山。挖掘和展示南岳的抗战史，只为以史为鉴，勿忘国耻，缅怀先烈，弘扬爱国精神，为伟大复兴而努力奋斗。我经历过太多生离死别，经历过太多家园的风雨飘摇，每每看见忠烈的字样，就黯然神伤。我见过君子，也见过小人。我当然明白，希望和怎样的人为伍，真的需要相应的操守和资格。

见过诚信林的春花烂漫，延寿村的急风骤雨，于崎岖山路徒行半小时寻到穿岩诗林。任暴雨滂沱，我只愿近近抚触。苦乐岩铭文："道士少年弃家学道悟知，幽栖林谷，苦行修炼18载。"我珍视这样墨深瀑云的人。

南天门的行云施雨牌坊题："门可通天仰观碧落星辰近，路承绝顶俯瞰翠微峦屿低。"

攀及孝心石、祝融峰，南岳衡山山巅仙雾缭绕。朋友说我双颊绯红的样子很好看，我其实知道，桃之夭夭灼灼其华和君生我未生，是春深似海的悲凉热浪。

### 3. 中岳：嵩山路遥

比起水，我更向往山。可能是阅历不够的时候，水太无形，山就不一样了，拼体力不需要什么能力，我有的是态度。

医生让我静养一个月，我硬是上班熬夜旅行不减，完成了五岳之中岳嵩山的旅行。六小时无间歇，我还是做到了。小时候医生说我有哮喘不适合剧烈运动，我硬是跑完了马拉松拿了前三，然后住院一个月。在华科的时候挂着呼吸机熬满了两份工的全勤。生活本来就艰苦，我本来就失去了太多。那么，没有本钱的时候，只能赌一把。有本钱的时候不一样，细水长流瞻前顾后权衡利弊，没有本钱最大的好处就是，没有退路。虽然每年都很挣扎碎裂，但是今年破碎得血肉模糊而彻底。我需要不太假思索地粗略走走，哪里都好。恰好嵩阳书院和嵩山都在计划内。见过同事的亲友团，我又一个人到处跑了。嵩山行有点担心撑不动，毕竟手术比较大，疼痛级别最高，没有之一。我确实还没有恢复过来。

嵩山很白。有的山是黄的，有的山是绿的，有的山是粉的，有的山是黑的。我看夏秋交替的黄山是黄的，我看春深风疼的九宫山是绿的，我看春晚雾重的衡山是粉的，我看浅夏日未出的泰山是黑的。嵩山，是白的。到处都白，哪里都白。所以我没有畏惧感，甚至还想靠一会儿。下山的时候，有一处碑铭：依偎。真是……就算知己吧。"依偎"二字在神岳和第一山之间，我猜很多人都不会知道。

玉女桥的红叶绚烂夺目，玉女峰的白，就像倾着的美人，她的秀发缕缕丝丝，线条匀整流畅，一丝不苟。红叶白峰，就是这么简单这么美这么纯粹。

沿途有些圆圆的小叶子，绿叶红镶边，坠满各色的小圆珠，像各色彩笔齐刷。我用小树枝试探，不是露珠，是长在叶片上，真好看。有位也是孤身访山的中年女子，她精致的五官和妆容很是令人过目不忘，她静静地看着一只蚱蜢，拍了半小时。她说，蚱蜢不是青绿的吗？怎么这里的是棕色，好罕见……我们同行不久，后来她走不动了，我继续往前，我们都是容易为小惊喜驻足的人，但是，我以为我还年轻，我还想再倔强一点。唯一的同路上山人，就剩我一个。

往上的一步一步，越到后面，我都是靠扶手爬的，路很陡，仅可并行两人，所以我规规矩矩靠右趴着扶手，左边偶有下山的，他们都很友好，关心我穿得太少，鼓励我再有二分之一、三分之一，五分钟就到了，其实都不止……我好喜欢他们骗我。

峻极峰我确实不敢扶栏细看，山顶很冷，我的手冻紫了。瀑岩我也无力细赏，保命要紧。武则天和历任皇帝的封顶处，我看看就好了。不曾想过要天下的人，不懂。我要的只是看看。

下山的时候陆陆续续有一二十个穿橘色 T 恤的人向我问路，知道又是某公司团建……为什么去哪里哪里都有团建……安庆新疆哪哪都是……然后小橘们很友好地顺路把我送回郑州，我还在他们的长途车上唱了首《High 歌》……

## 4. 西岳：华山雪浪

"只有天在上，更无山与齐。举头红日近，俯首白云低。"（寇准《咏华山》）

华山以其险闻名，而我只觉得美。通常，山吸引我的，必然是粗糙坚硬、凛然广袤和仰止的苍凉，而华山，越过钝感决然的初始，所见皆是壮美，硕大的山体精妙而不苟，把厚载的历史沉淀彰然显赫于冲刷梳理般的华夏炎黄秀丽之巅。实如宣传云，水墨丹青。

我一直向往一片雪山，茫茫孤立于凡俗尘世的绝境，把无垠的寂寥寒梦漫迹成铺天盖地的冰花霜浪。华山的拾级，恰恰给了我这样的浪漫。五岳之首的山巅，有如留白般的背景，望不尽锁山凿凿，望不尽归途渺渺。

是怎样的人才会如此把前无古人的幽山一砖一砖地铺就？山脚的路莫不显然，就是一砖挨着一砖，比年轮更动人地虔诚了一迹孤僻。宽也不过原始的一砖宽，远远望着，都是确确凿凿的故事。我本意去那盛名远扬的栈道，据说是抱崖而行，脚微空，全程脚下万丈深渊。登临前必有同行人签生死状，独行是万万不可的。导游说撑不下去的也多，救援飞机三千一次。我想那就更无畏了吧，却是雪天封了路，把我的遗憾，再留几季。

走在历朝历代英雄豪杰齐聚地，不能不感谢科技社会的迅猛发展使我这凡俗之人轻而易举地涉足。我徒步的五岳只有嵩山，或许只有徒步的艰辛才会倍知更多的感同身受。遗落了哪里或是腾空了哪里，总是会负了此山的。

一程山水一程人生，博二的课不管怎么样也苟且完成了。纪念一下邱女士一意孤行的又一季。

## 5. 东岳：泰山日出

其实，我是半个山东人吧，山东青岛。泰山我也曾是来过的。慢车所到达的泰山站的站台很有碉楼的味道。

### 泰山

登山以前特意去了鲁菜馆，吃武大郎烧饼很撑的。核酸检查之后登山，沿途赶得有些仓促，但是天色极其蔚蓝深邃，山体极其巍峨敦厚，松林极其繁茂葱茏，草木极其婀娜贤齐，流水极其稀罕清冽。值此冬月，全然不觉凋敝寂寥，错峰交叠半山长青半山休花。云霞雾增色成天际妙曼的彩线，若天光普照，若仙灵闪耀。高而可登，雄而可亲，松石为骨，清泉为心。呼吸宇宙，吐纳风云，海天之怀，华夏之魂，的确是。

行至天桥坐看飞云洞，刻着"果然似我"的南天门，向着岱宗主峰，冬月初一恰适敬拜祈祷，我求的是博士生涯全综合考 QE 必过。五岳独尊的玉皇顶 1545 米，一路雪山冰雕，却并不冷的，只是柔美倔强地铺满整片山巅，镶在目之所及心之所向的林间、墙角、牌坊、题字。如果说泰山是中华民族的精神家园，我以为，雪花是精神家园的情感温度。

南天门天街守晚霞暮色是合适的，妙曼彩线黄金玉带，深沉的飘摇的氤氲的涤荡。如果华山是名副其实的浓墨，泰山定是实至名归的重彩。夜来得早了些，孤星黑夜，极致的美。临街温酒，夜的泰山也不冷的。

日出

徐志摩的《泰山日出》，郭沫若的《天上的街市》，我再写 20 年也是写不出来的，但是我还是不忍搁笔，我要记得我自己的感受。

六点的天街白云亭已然很多人，雾蒙蒙的却不暗淡，有一缕粉丝金带把朦胧的群山万壑撩拨着，唤醒着。从金粉堆叠很多的金黄，大手笔地渲染着，一层层压透地晕开，再渗透进金粉里。

天渐渐明了，飞鸟划过，白羽黑发，精神得紧。山崖上呼朋唤友的，集了在人群显摆一圈，不着边了。

七点十分，小小的太阳诚如天气预报露了个红芽，很快地，一点点往上冒着蹿着露着骄艳，简笔画般传神练达的光芒遍洒，如璀璨明珠初蚌温润闪耀。确是的，云雾之深厚如海，望不尽远山城郭，就是一片云海茫茫，等一出明媚艳阳。

# 江南三大名楼

　　楼的存在，令人铭记历史。

　　岳阳楼一直令我念念不忘。漫长的过去中，我早已忘却了它的别样细节，却忘不了金字题匾下的留影，忘不了文正先生的大作，高中时代远去很久了，偏是这一篇，字字清晰地印入脑海，予我的影响，渗透得那么彻底。

　　那是大一刚结束，我乘 T 字头火车至岳阳，旧日同窗很友好地回应我。当时的情景还历历在目，我们随意聊着新鲜的生活，你的崇拜，我的追求，眉飞色舞。我吟着《岳阳楼记》，感受那描写景致的句子，一字一顿。

　　黄鹤楼是我步行可见的第一名胜。或许一直是我珍视的方式太过偏颇，执着的追求太过沉重，送走了轻狂，竟那么晚，才了解那些暗潮澎湃的希冀，日常风光的忧愁。

　　实习那年，我请同事逛黄鹤楼，那一组组照片，确实是呕心沥血之为。从层层门径走至"极目楚天"，穿过长廊，看见写《满江红》的岳飞，立在那里，令我疼痛。

滕王阁是去年冬至的准备之旅游点，我随着新朋故友的行程而达。从梁思成重建的六层楼的主阁拾级而下，顶层为男女歌舞乐伎的主题，以下各层的名人字画堪称精妙绝伦，尤其有借了昆曲《牡丹亭》的《临川梦》，甚是逼真。回到一层的白玉浮雕，请记得那是《醒世恒言》的贡献。

我爱那曲径通幽的俯畅园，它太真实地勾起我的情愫。我噙着泪，一遍一遍，恰如一阕歌之承转。

## 1. 黄鹤楼

或许，近在咫尺的忽略不代表不重视，只因，我们还不曾了解珍惜的方式。只待独钓寒江，只待千帆过尽。是谁，令我翩然而至？又是谁，使我欣然赴约？其实，我在乎的，不是你的尔雅形态，不是你的跌宕景貌，不是你的五车图文，不是你的择木良禽。或许在乎吧，但是在我见到你之前，我不知道。

　　"昔人已乘黄鹤去，此地空余黄鹤楼。黄鹤一去不复返，白云千载空悠悠。晴川历历汉阳树，芳草萋萋鹦鹉洲。日暮乡关何处是？烟波江上使人愁。"（崔颢《黄鹤楼》）每个人都有那么几首可以娓娓道来的诗词，所以，还是去黄鹤楼吧。看看那浮雕，承载了怎样忧伤而怅然的句子，都是铭心刻骨的记忆。

　　今年元旦的雪有些温柔，我就在这难得的好景中再一次去了黄鹤楼。在户部巷着了些许淡妆，只为记忆中的自己是美丽的。早点很简单，重点落在长廊尽处通往长江的风情街上。怀着敬意穿过萧栋栋纪念碑的那片长亭，赫然可见一桥江堤旁铁艺群鹤和盈盈一水相隔的电视塔。

　　从西入口进门，绕过胜像宝塔，步入三楚一楼，五层楼高的黄鹤楼便跃入眼帘。北轩轩名云衢，南轩隶书凝翠。匆匆留影，念念不休，江山入画。犹记置身主楼，贯穿一二层的彩瓷拼图，似乎欲将历代咏颂黄鹤楼的诗词揽入怀中，虽失了外楼的古朴，却仍有本身的特色。主楼正中心是古代模型全集，题书阎伯理的《黄鹤楼记》。流金点染，锦绣珠玑。四层壁画增添了诗词原作者的演绎，传神的人物形象，就像一场笔会，悠悠亦幽幽。顶层卷宗《长江万里图》，看得出朵朵浪花深情款款，以独特的方式表达着追求与信念。紫薇树前回望，黄鹤楼的题匾书云"极目楚天"。面对宝铜顶和千年吉祥钟，不禁想起自己在世纪之交的故事。无论怎样，都成了带着遗憾的美好，成为生活的轨迹。

经过杜鹃园，去瞻仰岳飞的功德坊之前，不会忘记白云阁的典籍，涌月台的真挚，不能错过四季牌坊的昭示，梅园的寓意。我还记得黄庭坚的题字，记得涌月台前的黑松，记得白云阁内整片木雕的黄鹤楼屏风，有如暗香扑鼻，又如余音绕梁。穿过四季牌坊第一品"烟绕鹤楼"，补一记春望，识得"绿满高观"。临近"荷风送香"，欣然见到梅园，不由端详起入口处的梓树，恨不能贪恋，蓦然回首，但见夏坊第二品"竹露滴清"。走过寂静的秋坊，从"白花浪溅"到"红叶林笼"，终留意到字体的转变。"玉树参差"的冬坊，闻雪绽放的梅花正含苞，寄一抹艳丽，铺满园意韵，真应了"银洲浩荡"。

告别民族英雄岳飞，走出紫薇苑和落梅轩，一路诗碑映长廊。放眼鹅池，远望九九归鹤浮雕伴着通向毛泽东词亭的小桥蜿蜒流转。回一记紫竹苑，雪花纷飞却也艳阳高照。行至搁笔亭，叹息着李白诗的那一篇《黄鹤楼送孟浩然之广陵》，"故人西辞黄鹤楼，烟花三月下扬州。孤帆远影碧空尽，惟见长江天际流。"

## 2.滕王府

比起现代时尚，或许还是古典文艺更适合我，那干脆就沿着不变的路线。

如果本意择一城终老遇一人白首，那么于我而言，哪里都不是故事，只是事故。我鄙视事故。

我不想看透任何的风景，如果爱一个人，山也是她，水也是她，风也是她，雨也是她。就像《往后余生》唱的，"四季冷暖是你，目光所至也是你"。我多爱一天，多一程表达方式，就像写满100万，只写一个字。

有的朋友说我写文看不出是谁，因为我本来就不想写谁。数不尽的自然春秋，都是我的自作自受。

黄鹤楼有什么不一样，滕王阁有什么不一样，我不一样。我的年纪不一样，我的经历不一样，我走过的路不一样，不需要故事，更不需要事故。

　　本来准备一个人去,在江西师范大学最后的晚宴上和北京语言大学工作组相谈甚好,依依惜别后等电梯,我问电梯是上还是下,有个女生说:"我下的,我要去滕王阁。"然后我们就一起了……女生是日本知名大学博士后二年级,非常地白,圆圆的脸,圆圆的眼睛,走路像极了日本女人,小步小步,但是很快。她是因为崔希亮老师去的,我是因为陆俭明和吴英成。所幸,我和她一起等电梯的时候,我们问老师电梯是上还是下,崔老师说:"我下的,我要去滕王阁,然后我们又一起了……"

　　大家都很熟的感觉,都是去过几次的人。我就喜欢一本书反复地看,一个地方反复地去。滕王阁我去过几次,滕王府确实是新识。灯火通明的楼阁更有韵致,柔光笼薄雾般妩媚了我,妩媚是留日女生评赞我的。其实,我同桌柔柔说我是千娇百媚。

　　滕王府的歌舞不错,含暮云结虹霞般,翩翩而亲近。没有假笑,没有敷衍,表情真实美好。

### 3. 蓬莱阁

念山东，读蓬莱。蓬莱仙境，确是如此。它的和谐，仿佛自然界的一种生态，一种固化的存在，一种灵性的过程。

念山东，读蓬莱，记大连。山东此行，见证了我成长的一个重要阶段。在我成年后，有过太多的坚持，太多的割舍，太多的倔强，太多的软弱。一路走到这里，让我欣慰。

1114次列车上的扰眠，虽令我怨气满满，却也不失为一次际遇，一次载入我记忆的行程，27个小时的路上，铁轨延展了人与人之间的可能性。使我关注更多的风景，仿佛自己不是过客，而是奔赴了一场应先辈召唤的约定一般。

第一站的栈桥上，我着艳丽装束，如此性感的打扮，似乎与北方的豪迈风格格不入，然而，当我看到那些明媚的海水，鲜亮的护栏，顿觉适当的张扬亦是一种美，那是一种牵引力。打动人心的东西，有些是短暂的，有些是隽永的。在青岛的栈桥，本身极为朴素的景致，却由于环绕海边的一系列特殊建筑而生动了。一个不通往任何地方的走廊，不会令长途跋涉的人觉得累了，这样的领悟，栈桥上的人是乐意的。海边的沙滩上，还有潮起潮落的痕迹，我不知所措地珍藏下那张照片，用只有自己才了解的落寂心情。

隔日，去了崂山，那里是国内第二大道教圣地。诸子百家中，儒家为最，道家在中国的教育文化中，也常作为第二大教派来排序。丘处机的典故还依稀尚存，崂山之名的由来却清晰可见。

崂山不高，然"山不在高，有仙则名"，不知是为蓬莱埋伏笔，还是沾了那同渊的仙气，总之，还是相得益彰地吻合了青岛予我的感触，和谐的自然。我略过了电视塔的观光，索道的游览，却轻易地踏上了崂山的石级，沿路的小饰品，确是我所喜爱的。我买了一顶梵高版向日葵的编织小帽，笑容很浅淡。

蓬莱，我又踏上如栈桥般的长廊，却非左右逢源的举目可见所置身的那片海。我穿过层层门径，走过一座座驿站般的阁楼、仙源、流香轩、天风海涛，所谓金碧辉煌，不过如此。在八仙祠拜过诸神之后，我独上楼顶，无限风光尽收眼底，欢欣之情溢于言表，若离了相机，该是怎样的空虚？整座楼，旋转而上，除了一层八卦的卜算者，空无一人。如那些过往的片段，舍了那些华贵，弃了那些美好，孤注一掷的，该是怎样的决心？或者，是何等的无奈？只羡鸳鸯不羡仙，或许吧。成就了一种气度，丧失了一种心态。

威海的舰很有历史感。常言道，文史不分家，怪我两样功底都不深厚，无法写出有见解的文字。学生时代的文教片，最为深刻的记忆，留给了《走向共和》。定远舰的命名离不开李鸿章，我也曾一路伴随到合肥的张爱玲小姐房前，含恨啜饮那波动至深的恋情，淡薄了历史本身，余香成了烙印。我在"碧血千秋"的悼念碑处潸然，一遍一遍。

错过幸福门的海同样是遗憾。不知导游是情绪化的女子，还是出于别样的原因，竟然将我们放在一处不知名的海滨，还好，自家人的聚会容易释然，我们还是享受了难得的相聚，一组一组的造型，吻合着心境，谐调而美满。

# 寻访华蓥安丙公园

　　近日寻访红色华蓥，探访浅丘石林溶洞，祖国山河的文化记忆，庞大而遥远的历史不再与我们相距甚远。感受春天的故事，漫卷的中国雄风，意蕴深厚的东方魅力愈发夺目。

　　我是从杭州到重庆会师友而去的，感谢航空轨道交通的日新月异，高速拉近了向往梦寐的距离，城市跨城市，成为生命中如此轻易的可能。不再遥不可及的山高路远，所愿即成全。温婉的细雨绵绵不绝如缕，缠着我，把最抚凡心的川渝滋味浸染透析着。少不入川，老不出蜀。华蓥一脉相承了川蜀的厚泽，不动声色地把阡陌红尘的起伏跌宕都收敛着，慢条斯理又激昂顿挫着。虽然是红色教育景点，却并不威严肃穆到高不可攀，就是留了可亲可敬的一阶澄明。

　　古巴蜀，今川渝。惦着一程蜀道难，求索于盛夏青天白日巡上，在目而历历。深山幽谷的城府，鲜有才人不迷醉沉溺的。一路群山环抱，探着阴雨小城，天辽地阔的清新湿润。攀级安丙公园的浅丘长梯，端午时节的花叶，挺挺正正的。安丙雕像两侧各一古道凉亭，实木地板嵌了《周易》于心，广玉兰和肾蕨漫山遍野着，迷离的雨夹带芬芳四溢。

南宋鲁国公安丙，号晶然山叟，著有《晶然集》。故安公祠主楼晶然殿，录其生平政绩功勋。宋宁宗嘉定十年（1217），安丙将自己收藏的苏轼书写的韩愈文交给赴任柳州的关庚，为后世珍宝"书中第一碑——荔子碑"。"荔子碑"现存于柳州博物馆，为国家一级文物，因其系柳宗元行迹，韩愈撰文，苏轼书写，史称"三绝碑"。"鹅之山兮柳之水，桂树团团兮白石齿齿。侯朝出游兮暮来归，春与猿吟兮，秋鹤与飞。"（韩愈《柳州罗池庙碑》）忧思百姓，全心全意为人民服务的先贤品格一代代书写铭刻。

故里故居故乡，总有伟岸之外的清幽。就像不慕繁盛不慕浮华的素人，半藏天下忧乐。匆匆一观，忍忍回望。云层上再看那群山万壑，不同平地的景仰向往，山峦起伏如浪潮奔涌，纯粹粹地惊叹，人生何其有幸，识一境山河。蝼蚁如我，这20多年的普通人生，

也总有些过不了的坎，浮出水面的伤。过尽了，总不
是轻描淡写的云淡风轻。

国外篇

# 挪威的森林

有一年立夏，我去了日本。只因放不下那本书，《挪威的森林》。

少年时代的我，年少轻狂地以为，自尽是一种极端的风景。这种命题，如果无伤太多，我也愿意研究。

村上春树的场景描写，传神如散文诗，当然，或许这得归功于林少华翻译的水准，将自然景象凝成意蕴无穷。村上春树的对白构思，性格迥异的各类人物，丰满了小说的情节，隐隐透着洗练。而影片的表现，更是尊重了原著，或许渲染更深的是导演亲历过的不只是风花雪月的求索的意义。那些乏味的苦楚和呻吟无不展现在卷帘乾坤的爱莫能助下，用生命中所有的宝贵换取凝眸和珍视的旖旎绝美。

书中的女主角直子，一个定格在 20 岁的女生，书中的男主角渡边，一个感性的未满不惑之年的男子。中年男子的回忆录，在村上春树的笔下，就是这样变成了一本畅销书。纪念版的装帧，耐人寻味。有中国古籍珍藏卷的质感。而影片的选角，也贴切着读者的期待，或许出演女主角的演员实在长得太过丰韵，纤细脆弱的精致唯有睫毛的剪影中挂满泪痕才略有感知。

359页的故事，细腻地刻画出日本学生的校园生活，从高中时期到大学生涯，直子就是那个时代的见证者。无论是自然环境的描写还是校园环境的再现，作者都逼真地契合着公众的视线。而女主角的一颦一笑、一举一动，似乎跃然纸上，信任感流露在字里行间。

对新干线的提及，一笔带过的还有直子初恋男友，细节到汽车排气管的自尽，在这样强烈的恐惧和悲痛之中，生死已不仅仅是躯体存在与否所涵盖的意义了。正如我永远也无法忘记自己20岁生日那天好友的离世。

直子是个怎样的人，作者开篇就描绘出她的面容。着墨较多的，是处处表现她的温柔。那种以严谨的态度表达优柔的真实想法，用充满爱怜的语气，伴随慢条斯理的动作。用"善良"这个词，仿佛不够完整。她是柔弱的，却不求刚强；她是依赖的，却不求独立，很消极地抗拒改变，很矛盾地挣扎适应，很纯粹地暗涌。思绪纷繁的直子极力将自己需要面对的一切问题条理化，但仍是徒劳的。痛定思痛中，她选择了休学。

我有幸在旅行中到达过直子疗养处京都，感受过新干线在城市间转换的那种难以言喻的高时速，只是一刻钟，却莫名感到一陌生的国度中来不及端详窗外风景的那种失落。

随着戏剧史Ⅱ课程，男主角身边忽然多了一个书店继承人绿子，就像不定期收到直子的信笺一般，倾诉着自己的衷肠。琐碎的生活点滴，真实的无可奈何，都不是无病呻吟，尽管也只是一种绝境求生的本能。

我亦有幸到达过绿子埋葬一场沉重的地方——奈良，见识到和服会馆的演出，色彩斑斓的舞台背景，款款走出千姿百态的当地女子，以色泽图案各异的服饰演绎出千差万别的文化。

而在男主角的关怀中，深山老林里的玲子出场了。交谈中，那些年复一年的忧郁时光全变成了轻描淡写。或许，有的人真的只适合握别，一段相依为命的岁月回不去了，总该有个纪念般的仪式需要举行。而新的生活，还是只有自己去继续。

# 故都的秋

　　我愿意为你，忘记我姓名。我愿意为你，被放逐天际。

　　我喜欢深居简出和深居简出的人。有人说，我适合经营花店。我立刻描绘出这样的场景：一尘不染的落地窗，娉婷纤柔的女子守望着满园繁荫。乘轩冕之中，有山林气味；处林泉之下，怀廊庙经纶。被建议经营花店的时候，我正值大一。开往大学的公交经过五月花，一曲《我愿意》扣人心扉。

　　有时候，我真的愿意遁入郊野，一遍复一遍行吟"风吹麦浪""行行重行行"，咀嚼瓜熟蒂落，枕鸟鸣卧虫萤，留一方净土集十二生肖，不屠不宰，寿终正寝各有安排。

　　然花鸟鱼虫自有天命，我也有自己的命运。花鸟鱼虫需要适宜的经纬寒暑水汽温存，我通晓各级卷轴文理书籍。不在其位，情浓劝微；倘在其位，权倾言凿。

　　这世上总有一些陌生而熟悉的人事位置，让人从漫不经心变得死心塌地。异国或是他乡，我和谁在交换向往。

"乱离年少无多泪，行李家贫只旧书。"（郁达夫《沉沦》）

本来我想把郁达夫《故都的秋》读一遍，接着把"新马泰"的教研论文完善，正经事成功以后就可以自娱自乐地进行马来西亚游记篇。

但是我发现是不是年纪大了自控力反而越来越弱了，情不自禁又拼命买了一堆漂亮的衣裳，好像它们等着我，等着诠释似曾相识的风景里不经意的暗示。

我对一切美好的事物都没有抵抗力，就像《故都的秋》开篇的标题：只缘心动说风幡——沉沦。就是这样感性而回避，清冷向往的热泪盈眶，每日都如"黄莺久住浑相识，欲别频啼四五声"。（戎昱《移家别湖上亭》）

断断续续在国外也有半年了，我常常喜欢把半年国外的生涯和半年北漂的岁月联想在一起，不同的是，半年北漂的日子我每天喝一两瓶二锅头，半年海漂的日子没有那么烈，浅浅淡淡一两瓶清啤。月朗星稀的时候，灯火通明的百姓人家真实而平凡，一座城市有一座城市的悲欢离愁。朝晖夕阴，瓦砾游廊。

我想我还是深爱中华文明的，寻访浪迹，仍不过争鸣片瓦。是的，我喜欢的还是"新马泰"的瓦，任他繁华，任他新颖，总不过仰首掂起抚触可及的顶层黛墙红瓦，那里有中华文明的渊源。

泰国的风景自然色泽绮丽，日升日落都映满整座城市，大片大片的别墅般主体居住群，都镀金染色，就像遇到的每个人含笑温暖地望着，不说话也很好。泰国人每天一种色调，像彩虹等着好雨。

新加坡就素净淡雅了，好像不事冗节的君子之交，坦坦荡荡的赤诚。我在窗前看书，你在窗前看我。我是千年不变的白底黑字，你是万般下品的愁云惨淡。我喜欢你是寂静的。

马来西亚风情而浪漫，蜿蜒曲折的道路和木屋，美得不真实，每一棵树都有它的表情，或俊逸或婆娑。他们的华语有乐音般的台湾腔，他们的英语有描述性的诗意盎然。尽管我无暇深究，却真真切切感受到东南亚炽热浓郁的流转回味，以我顾盼生辉的眸，诉一衷复兴的断肠。冷艳的、媚俗的，都是不褪色的故事。

# 热浪岛

## 1.探海热浪岛

生于忧患。

陆游《示儿》诗云："死去元知万事空，但悲不见九州同。王师北定中原日，家祭无忘告乃翁。"

我有过两次沿着海边一直走进海里的想法，一次是悲极，另一次也是悲极。

人的记忆真是神奇，人生三恨也好，长恨也好，忘记了恨却已然盛满了悲喜，忘记了恨却已然以为是熟悉的向往。

考博北影后我去了故宫，看到有很多极小的鱼拼命地逆流而上，其中有一大半游不过沟壑，重来再重来。

我就像那些鱼。我跟着56岁的女院长在海里游了一个小时。一望无垠的翻涌压力很大，顺势随波逐流也很幸福，像最温柔有力呵护的紧致拥抱，稳稳地托着。我试过几次逆行游向深海，阻力很大，探不到底的时候很慌，呛过的海水很咸。

## 2. 沉沦深海

明明可以靠海听浪涛澎湃哗哗沥沥，偏偏要靠窗听雷鸣风雨滴滴答答，我还是一个人在户外喝着酒写论文，酒店的日记本镶有暗香缠魂的玫瑰花瓣。

作为一个童真幼稚的人，儿童节抒情算不算正好合适？我的数场恋情教会了我几个道理，本科的是，主权是睁只眼闭只眼才可以保留的；研究生的是，高数和《离骚》有关；博士的开篇是，我以生命之爱领悟了逻辑回归和梯度正相关。

有时候真的想嫁给一个卖早餐的就好，粥可温，立黄昏，若是太矫情，牛肉面热干面也是可以的，帅比大碗宽面也味极……灵与肉升华一把也行，鸡翅鸭脖油腻了些也许健康呢。

雨噼噼啪啪有些爆裂，我还是淡定些修改论文吧，再送自己一幅画。

我要沉沦到海底，爱上沉沦，爱上深海。

## 3. 工作小结

论文从 2018 年 10 月写到 2019 年 5 月，真的半年了。经历了国庆憧憬，圣诞搁浅，春节拾起，生日知网，青年节新加坡孔院。我的第一篇知网论文，越改越有感觉，其实只要用心，作品都是活的。文字组织、知识产权、投稿辗转、外汇波折，各种艰难各种苦闷各种泪与笑，各种……还是不够满意，还有小半部分有待完善。我终于体会到了论文写作的痛快。在我多年文艺创作的年华里，都是不够重视论文也没有多大兴趣的，但是此篇，真的是汹涌澎湃波澜壮阔泪雨滂沱心潮起伏以及命悬一线。

学术生涯，我本来真的不敢想，但真的被自己感动到了。本科的论文真的没有这些感觉。我还记得本科论文 1 万字，写着写着，另一部小说却写了 20 万字。差点坠楼，想过跳香江。晕过公交，哭过 24 小时乘以 3 天一秒不停歇。

身体素质心理素质果然是长进了呢……嘚瑟一小会儿，原谅一下效率。

听马来西亚世纪大学孔子学院的 hsk2（汉语水平考试课程），整体有提纲挈领之作用。好工作真的是应该珍视。很遗憾的是我英语真的差得离谱，会议听得懂的只有只言片语。我知道光有努力是不够的，素质达不到我其他条件再好也白费了，所以，秋秋还得努力努力再努力。

阅读马来西亚中学语文教改，有幸思路如出一辙。鼓励一下一直在努力的自己吧，强调哪怕装作很努力也是有好处的，至少真的可以感动自己，任何阶段。孔院很规范，好工作应该用心珍视。

其实我是个能力有限的好人，不论学业、工作、感情、生活方式，都力求名副其实。有时候觉得各方面都很失败，但是平静地分析，路都是走出来的，波折蜿蜒或者平步青云，至少活着不平淡吧。唯一对不起的肯定只有父母，大多数普通人都是一辈子对不起，但是我的对不起，真的只是因为我任性。人和人生命之初能有多大不一样，真的没有多少。我喜欢今天孔院的文件，它们累积、螺旋上升和几何级数扩大。我这几年喜欢和田禹比较，如果我没有感性用事，我以为吧，他和我的综合实力差不多。但是我还在实习，人家再回国就是厦大教授了。我问他为什么，他说，选择。

大多数时候，我不想去接受现实。虽然不至于混世，但是，我真的耗不起了。有幸独自在国外的日子，我已经放弃了感情，也没有别人可以帮到本质。所以，我必须分分秒秒知道，我付出的代价应该获得怎样的成绩才对得起。马来西亚孔子学院的实习，我也不指望有多大成就，但是心态很重要。如果我改变不了懒惰的世界，我至少不能失去我的上进和执着。

我的论文关键词修正得体，但图例部分电子文档处理能力须强化，论点应补入研究价值，论证上关于文学色彩技巧转论证技巧应补入量化分析系统性、专业性；教案进度应增效；hsk2教材参与性应主动增加。

做PPT虽然真的很慢，视觉冲击力的独立性应补入多元视野，有无数的选择，但是正视自己是幸福的事情。我的悟性确实不高，没有什么建树，但是审美本来就是一种文化培植，表情达意本来就是一种深耕，领悟也是一种尊重。

纲要已经有思路了，要努力做好。论文已经修改初稿，补入郁达夫、张爱玲部分就可以完成，不能再拖延。讲座确认事宜应该主动去做，至少在本周内完成电话确认。hsk2课程的教材应主动请示。用心，更用心。要条理清晰简单有效，要提高效率。

结合研究生期间的论文和工作经历，专业知识还是越看越深化。厚学真的应该强调"厚"字。我觉得马来西来世纪大学的教育学于我而言还是很有意义的，我也想过考厦大的教育学方向，其实文学也好，教育学也好，专业课的书籍真的是越读越厚，如果我想扎扎实实地考出好成绩，还是很不容易的。文艺学我历年分数都比较好，因为感性。教育学可能理性的层面更多吧。如果文艺学和教育学只是给我提供普普通通的岗位，我应该都养不活自己，但是我还是不遗余力地耗了这么多年，系统化、规整化地把生活阅历融入文本，是我的理解力和悟性，也是漫长的累积。

有时候我会觉得，真的很忧愁，靠文艺学和教育学怎么赚钱怎么活命。但是我实在是没有别的爱好了。虽然我今天听说雅思要6分就有点绝望，但我还是很认真地决定，泰国那边就算了吧。我自始至终都是觉得管理学不适合我，总的而言我也不算完全急功近利的人吧，但是对于教育学，我真的急迫。

PPT我做得真的少得可怜，荷花那篇还算可以吧。我觉得作为一个孩子气的人，某种程度上，我也不是完全一无是处，教孩子有一点孩子气还是可以的。

各种成功人士都强调做人比做事更重要，容易有成效，我一直觉得，如果情商和智商没有很好的平衡点，我宁可把事做得漂亮。所以，我承认我做不了管理。况且教育学肯定是我这辈子倾力而为的事业。

我想起本科毕业的时候,连小学老师都应聘不上，那又怎么样呢？小海终于还是进了出版社，田禹终于还是做了大学老师。有的人一如初见，有什么不好，还有人比小海更适合文艺，还有人比田禹更适合教书吗？很多人都是凡夫俗子，也谈不上什么大器晚成，但是不只是我，都觉得他们就应该在那种特定的位置上，无可取代。当然，我觉得活出自己本色的人，是真的可以的。

# 泰国海岛

## 1. 沙美岛

如果数不尽浪花浮沉,那么就记得海滩的贝壳吧。

第一个贝壳的故事。厦门,九夏生寒。我从全球第三大广告公司灵智精实(现在第五)离职考过专升本的日子。

外国的贝壳的故事。一枚来自日本,孙中山纪念馆。我拒绝听爸爸妈妈的话入职湖北省总工会和中国移动武汉分公司,一定要考研究生的日子。一枚来自泰国,芭提雅。我从中国排名前十的大学华科大离职,等待外派出国的日子。

以上的陪伴,都来自我的母亲。她陪着我路过我路过的海,收拾好我爱过的遗落海边的贝壳。我的贝壳风铃,听得见诗和远方。

俯首拾贝,仰首望日。一定会记得模糊地等待黎明的时刻,第一道曙光让天际一层层明亮起来,突如其来的破晓引着我不断攀向高处去追逐日出的盛景。天色正好，这边云霞镀金似彩浪行空，那边行至水尽坐看云起的海天相接。

## 2. 芭提雅

第二天回国，我在泰国的最后一晚，选择了芭提雅。只为陌生，只为姹紫嫣红，只为海浪声声，只为潮起潮落。初来泰国游沙美岛，我有贝壳与日出的故事。岁末见芭提雅，我想，是我心里那片海的回音。

我熟读外国文学巨著，熟知文艺理论鉴赏，熟练文学创作技巧，却看不懂最简单的言情。正如我家境好，颜值高，工作顺，却一天天熬着孤独终老。或许也是幸事，我如愿以偿。人过久了一种状态会习惯，我想我是习惯了不甘心，习惯成享受。但是我也不能去有所作为，只是静待。看不懂就不看，放在那里，这我知道。

我已经有四年不曾写过爱情，也是四年前，看的纯爱恋文《红玫瑰与白玫瑰》。其实我还是更喜欢巴金的《爱情三部曲（雾·雨·电）》。我看过太多男人的作品，女作家的作品分析是我的弱项，太细腻的剖析，我竟然都不相信。或许我从来都是一个太主观的人，不去理解别人，也不诚实地理解自己。

我可以接着唯美地写潮起潮落，但是为了诚实简单，我决定用直白的语言写我的感情。四年前，我苍白地逃到国外，期待所有方面的新篇章，以此种心情，在这样的层面上，我的异国生涯是有意义的。在我逃离的无望中，未知的期许都是美妙的新生。

我徜徉在夜色朦胧中，嗅着空气中浓烈的腥味，竟然很享受。无际广阔的深沉才有如此与诗情画意不违和的生灵气息。我躺在细雨迷离的沙滩上，期待着搁浅的航艇某日同我再启程。我从一个城市到另一个城市，从一个国家到另一个国家，从自娱自乐到笑语欢歌，我想我是美丽的。

再孤寂百年，我愿我是美丽的。


### 3. 工作小结

我在泰国第三月。

教学上，与我可爱的学生们再见，总觉得是他们教会了我很多。他们的反应教会我如何去教，他们的热情教会我尽心尽力，拥有乐此不疲的生命力，他们的创意给了我审视自己差距的蓬勃动力。和孩子们我是不辞而别，我想我应该永远记得他们。我的同事们以及和我一起来的老师我也怀念，我知道什么是真心，无需言语，眼神不会说谎。

学业上，这个月只看了不到四分之一的《新概念（一）》，看了几部好评度高的电影，温故了几篇同题异作小说。

生活上，我和父母一起游历了泰国半月，经历了异国医院的惶恐，深深明白了要在海外生活，我还有很多已知却措手不及的各种意外要面对。第一天去了东南亚最大的周末市场扎都扎，出院后去了泰国母亲河湄南河，坐了它上面最高的摩天轮，泰国教师节那天去了泰国香火最旺的"有求必应"四面佛和大皇宫，还有浪漫情调浓郁的巧克力小镇，离职后去了我非常喜欢的沙美岛，移民局通知签证延期后去了芭提雅，最后去了泰国最高观景餐厅84层的白玉楼，以及可以骑大象的泰国野生动物园。三个月整的那天送父母去机场回国，然后我去了同来泰国的武汉男生所在的那个泰国最古老的城镇，参观了唐人街和泰国排名数一数二的玛希隆大学。

第二天我就要离开泰国了，还好，我足够珍惜这三个月。没有太多遗憾，只有不舍。

## 4. 冬阴功

还有十分钟可以抒情，一个人的时候也应该喝酒，喝酒以后适合抒情。

每次回国之前，我一定要吃一碗冬阴功，喝一瓶虎牌啤酒，佐一包鱿鱼片。标配。就像在武汉，出门前一定是热干面、老五烧烤、海底捞。以前有行吟阁，后来有勇闯天涯纯生，当然还有百威和喜力，也是有故事的。小龙虾小螃蟹什么的，还不如番茄鱼。

我在写什么，作为一个不食人间烟火的女子，我为什么要怀念炊烟袅袅的一阵喧嚣。终究是要烟消云散的，终究是再也不见。

我不想写计划书，本来去学校找导师谈正经事，让我恢复学籍，结果变成了依依惜别。还好今天的机票定了，不然又像在新加坡一样，管它多少钱的机票，管它改不改签，我再买几次就是了。

其实，我很想早一点功成名就，然后父母可能还未老去，还未体弱多病，还未迟钝木讷痴痴傻傻，但是，总是不能万事如意。

书上说，别急，正道，慢慢地，一代总会比一代强，或许吧……反正，我已经竭尽了全力。

还是谈吃吧，不然太悲伤。冬阴功里的虾大大咧咧，小花菇鲜鲜嫩嫩，汤汁酸酸辣辣，就像预料之外不经意的满满倾心。

# 画梦录

## 第一辑　白描寂寥

### 第一个梦：草莓酸奶的故事

我梦见和一个好久不见的同学吃饭，我不小心洒泼了一桶草莓酸奶，然后我们 AA 了……

同学确实是好久不见的，我的那份豆奶也是喝完了的，同学的妹妹喝了半瓶，还有就是我忘记了 AA 这回事……习惯了，这个习惯不是因为不礼貌。

关键是，我居然完完整整把这个匪夷所思的事情白描般齐整地做了个清清楚楚的梦……

### 第二个梦：花梨木的故事

我梦见回到很久没回的家，长廊另一端的衣帽间还是琳琅满目，可惜，我胖了。我一件一件拿起再放下……没有衣服穿真的很苦闷……我的书房换了全套花梨木家具，我有些不习惯，因为我喜欢白橡木的。

我就像个陌生人一样陌生地醒来了。天天在家写论文的待业青年，好不容易这两天做个梦，都如此忧伤而清新。

第三个梦：双人椅的故事

我梦见趴在床上写论文，有物业的在修门锁或者修窗户锁或者修灯修空调，我记不住了……总之我默默走到外面……

只容得下两人的长椅已经有人了，我默默地看了一眼，长椅上的人也看见了我，他的眼神没有要离开的意思。

我又默默去了浴室，人太多，我找到和我一起看书的女生，氤氲的水汽如渐浓的雾帘满坠，她的脸婴儿般白皙光洁珠圆玉润却清清楚楚。

我很想写个升华的结尾，但是九点半之前度假村才有自助餐，我不得不起床了，我想去吃米线，放好多好多姜辣，再配一杯豆浆，一勺一勺再一勺加白砂糖，三满勺，够不够甜?

第四个梦：鱼尾纹的故事

场景过于单一，内容过于空泛。我梦见去一家不是银行的地方兑换货币，老板年轻俊朗，语调轻快，逻辑严密，表情诚恳专注微带一小丝疲惫，和我一样有一小丝清晨朝阳般流淌的鱼尾纹。

我的现金有限，我的女朋友也备了几袋各种面值的通用货币，我还是心情忐忑，希望老板可以认可电子支付兑换。办妥了之后，我回头看他，整片的落地玻璃柜门，他侧过身忙碌着。

我和我的好朋友热闹地走在很有异域风情的街头巷尾，我的神情一如本心苍凉寂寥，我的热望一如从未开启的街灯，沾染着日升月落的惆怅。

第五个梦：锁门的故事

事隔年底，距上一个梦已然有一个月了……

那几天，我一天一天不盼不等，它却是亦步亦趋，一场一场的。我故意请了两天假，还是一场一场的……我怕太沉溺，索性拼了命地上班，果然是静谧了。

想来也是奇迹了，看不出太特别的日子，就那么有声有色地，把我的梦又铺开了。

我梦见我渐渐睡了，我的比约熊平静地看我。我锁门锁不上有些爆裂，我又锁了一遍。

在一个惆怅满怀的梦里，我写下来竟然觉得浪漫无比。

第六个梦：留白的故事

本来想记第六个梦，朋友圈太热闹，我无暇回忆，就空白了……第五个梦不一样，第五个梦的时候，我还梦呓般回了好多微信，才理顺。

本来应该不写了，但是我记得那是个美梦，场景恢宏。除此我任如何自我暗示，也做不出一篇文章。

我只好把这种过程记一笔，题目叫作《失落的梦》。

第七个梦：湖光山色的故事

我梦见一片湖泊，清澈蔚蓝，那里的女子，容姿俊逸秀美，神色落寂微凉，中长水波纹的头发，还有的，戴着过于浓密的假睫毛，舞台感有些过。后来我知道，那是因为我没有见过更多的湖泊、更多的女子。

我梦见收到父亲的信件，一边启封，一边泪如雨下。字迹一如既往地俊逸秀美，少了些许力度，多了些许柔情。为此，我泪如雨下。

## 第二辑 寻味清欢

第一个梦：小鲫鱼的故事

午间我做了一个梦，梦见在一间小小的屋子里玩游戏，我穿着白色全棉的衣服，然后我输了，然后我醒了……

晚上公司食堂选了鲫鱼，大厨极力推荐的烧鸡我不愿意，好话说了三遍，小姐妹说我还有一点最后的倔强，我说我只是想做个有品位的人。

为什么是小鲫鱼呢？张爱玲说人生三恨，鲫鱼多刺，海棠无香，《红楼梦》未完，不期而遇的小鲫鱼，对我而言，就菜单里的小白菜显得太寡淡可怜了。

小鲫鱼的味道还是可以的，虽然我更喜欢原味白汤，奶白奶白，黏黏稠稠甜甜香香。厨房配了太多的辣椒洋葱豆瓣，红红绿绿的，呛得我颤颤巍巍。本身的清甜还是隐隐约约混搭了些许辛辣，也还好吧。洋葱的特色是让人惊喜的，豆瓣不好吧，晾着晾着，就咸得慌。若是没有晾着，正好的时间火候，也还算正的。

我的代表作是蒿类，我还得再努力一点，酝酿几月，会不会有新的代表作小鲫鱼呢？但愿可能吧……

第二个梦：酸辣白菜的故事

嗯，邱同学杭州代表作之酸辣小白菜和豆芽菜烩玉米肠。我想我真的快要看不上任何五星厨艺的素食了，别处的小饭馆更不值一提。邱同学出品，还是特别有滋有味的。

黄白菜比娃娃菜纤长一点，火候是精准的，叶软梗硬，小米辣的滋味渗渗透透的，舌头上喉咙里，一点一点的，就那么一点点，欲落不落的。小豆芽的豆香有点闷闷的，扬洒起来那也是一屋子一屋子的，脆裂脆裂地咀嚼，唇齿也是满满豆香。邱同学也算是铸就了炉火纯青的素品厨艺。

哦，我今天又做梦了，太可惜了，准备记录的时候聊了太多，竟然忘记了……

有梦可做，真是难得可贵。

第三个梦：小鲫鱼的故事

梦的第三天。

我做了一个模糊而长镜头的梦，前面的部分真的空泛了，最后醒来的书桌上，方盒的收纳很是齐整，是文件盒还是化妆盒呢，是颜料盘还是眼影盘呢，万一是充电线呢？

我仔细想想，最有可能的还是烟吧，方盒带图案，还魂牵梦萦的……可不可以是书呢？不可能，我的书不可能束之高阁，一定要架在身边，笔挺笔挺的……

场景半明半暗的，人物呢？有没有人重要吗？有我就可以了。

野生小鲫鱼和红烧鲫鱼有什么差别？野生的感觉不像鲫鱼了，若是不看目录，或许还以为是小黄鱼，或许是火候太过了，烹调过久了……野生的总有粗糙的感觉，纹理过深……

第四个梦：隔夜红包的故事

我梦见和小姐妹们出去玩，看不清是陆地还是水面，她们一次又一次催促我，我一遍又一遍搪塞着……她们笑话我是不是红包也会隔夜再领，我确凿地澄清，我是 24 小时连一毛钱红包也要点开的人……

然后我就醒了，俗气得满满乐子而欣悦载道的梦啊……

第五个梦：葡萄的故事

我梦见出门之前我爹喊我吃水果，应该是葡萄吧……家门口在修路，葡萄有几颗饱满得裂开的，看得出有一点点风沙。

我爹表情总是一如既往严肃不带笑容的，我也是一如既往小心翼翼的，路嘛，和我少年时的华科一样一样的，东边俄罗斯楼下面的那样……

但是为什么是葡萄呢，难道因为俄罗斯楼往山那边走都是奶奶种的一大片葡萄树……但是我比较喜欢西瓜和番茄，火龙果也是减肥食物，我背了那么多的食谱，为什么魂牵梦萦的还是葡萄呢……我已经很多年不喜欢吃葡萄了，不是太甜就是太酸，完全找不到葡萄的本味，假的假的，都是假的……只有新疆的好那么一点，嗯，我就是那么挑……不喜欢不喜欢还是不喜欢……我就是不喜欢吃葡萄……

但是写完以后我觉得还是很有情怀的，冷风冷雨我还能有暖意做情怀的梦，真是千载难逢……

第六个梦：西湖醉鱼的故事

做了一个奇奇怪怪的梦，梦见我涂了很厚很厚的奶油，从唇边一圈圈到身上……

武汉版西湖醉鱼咸得慌，我还是喜欢杭帮菜的绵甜，熏是可以有的，风透也是可以有的，味道重几分也是可以有的，但不能只是一味的咸，不丰盛就不是西湖醉鱼了。要盛大得不家常，囊括人生百味。

## 第三辑　风吹草动

### 第一个梦：迟到的故事

　　早上又做梦了，嗯，距离上一个葡萄梦，竟然已经快两个月了……并没有什么奇异的，就是梦见上课，我依然还是被数落着，然后我振振有词地回了几句……满脑子都是开学，够不够虔诚……

　　今年我胖了20斤，裙子显得太短不庄重，我竟然接上了多层纱摆，不想找新的也找不到更中意的了。看来看去，我实实在在是不像年轻人，可能因为我喜欢的人，也不过就是那种一件外套一辆车一个包背十年的吧……我总是能把穷说得如此不狼狈。

　　来杭州之前我本来一心想卖了武汉的房子去买个郊区房。其实一个人选择怎样的城市居住，我是没有概念的，但是辗辗转转的，我觉得租房子过一辈子也不是不可以的，在短暂的青春里，哪里的一年年，都是一辈子吧。我根本就不在乎有没有房子。我在乎什么呢，我在乎就算穷到窒息还能有梦可做。

第二个梦：杯子的故事

早上醒来梦见我爹，我爹戏份真多，我梦见我们临窗扔杯子，他说如果我不把他的那个杯子砸了，就把其他所有的杯子都扔出去……然后我就很用力地砸杯子，我觉得这种事情还是应该由我们年轻人做，不然太不忠不孝了……可怜我秋爹爹每每入我梦境，都略嫌悲壮……

好吧，难道是看完《八佰》的后遗症……其实《八佰》拍得确实不错，武汉话让我思乡了……还有最不可原谅的，是我竟然百度才想起来何香凝，然后我就想，是不是《中外名记者传略》中有她，难道是《中国新闻事业史》？如果是这两本书我竟然还需要百度，我真的是很忧伤啊，一定是我年纪大了……不对不对，一定是因为印刻在我脑海的书柜在老家，不能随身携带，真是令我间歇性遗忘，主要是更对不起去年报考的廖声武老师……

这个梦做得真是层次分明，矛盾冲突迭起，人物形象鲜明，语言有特色，性格有特点……

第三个梦：二元变量的故事

我已经连续三天做梦了……像我这样严重失眠很久的人……连续做梦的浪漫欣喜就在于，不由得我是否有预感，我唯一要做的事情就是记录下来。我可以做到的事情就是润色或者不润色。

今天的梦是无须润色的，我梦见"二元跳跃的死结性无序性有限性虚无性"……

如此晦涩忧伤的命题，我却因为看不懂自己在写什么，觉得很高级……

第四个梦：不务正业的故事

还是写梦吧，比较真一点。如果所见所闻都是假的，那么我能保证的，只能是我的所思所想都是真的。

我梦见铺天盖地的消息，笑我，笑我不务正业……

还好吧，我醒来以后认认真真地想了想，只要不是笑我不学无术，笑我不务正业，真是梦一样美好……

第五个梦：米老板的故事

　　早上醒来梦见自己看了两篇年度获奖的网络文学，两篇的作者是米老板和三十有加。本来觉得格局不明显，前几天我梦见的人还是麦克卢汉，前几年是格尔伯格和恩格斯。但是考虑到是 2020 年最后一个梦，必须得记录一下。

　　高中的时候，我离家出走，我不喜欢活着只是为了吃饭的人生。没有想到，多年以后，邱同学梦见的文学作者名字还是米老板，真是太讽刺了啊……其实也还好，不管怎么说，他并不是一个卖米的老板，而是一个文学作者，网络文学也是文学。说明我的理想还是很纯洁。如果真的梦见一个卖米的老板，我以后的日子可能会好过一点。

　　简单记一下杭州的冬雪吧，其实前天杭州下过看得见摸得着的雪，我想等雪再大一点抒个情吧，它就那么薄薄的，转瞬就艳阳澄明了。我也不冷，但是衣服上结了一层冰。看着温温软软趁着明媚和煦应该已经干透了的鱼尾摆小裙子，偷偷地衬了一层裙骨衣托似的，寒意隐而不露，使好好的天气和风雨之后的洗礼互为表里。不然，谁知道有过一场雪，它温温柔柔的，蹭成了衣托，不念不休。

第六个梦：槐盛大唐的故事

我梦见，长街漫道的槐树，挂着繁花灯球，近近的，梦幻绮丽熏浸着我，我不忍染指那一镜稍纵即逝的炙热，但是迟疑着迟疑着，还是近了近了，我以为就是一触即破的浮华掠影吧，果然的，然后我就醒了。

第七个梦：小女孩的故事

我做了一个梦，梦见一个小女孩，长着尖尖的下巴，脸很瘦，人也很瘦。她的眼神有乡下人特有的粗野。然后我醒了。

第八个梦：风吹草动的故事

立秋的那个晚上，我做了一个始料不及的梦。我看起来很平静。岁月给了我风吹草动的慌乱，也给了我风吹草动的平静。

今晨醒来，我又做了一个梦，我梦见银装素裹的故乡，我说要不要去二桥那里的烧烤店……但是我没有去，但是我醒了。

我翻了翻日记，上一次做梦还是阳春三月的西安大唐，果然只有寒假暑假这样的好日子，我才有那么几天，安安稳稳地成眠。还可以，把一境一境的忧愁，连起来。连成什么呢？四季或许是有一点不吻合现实的四季吧，按场景一定是满城楼屋。人物重要吗？我也不知道。

## 第四辑 锣鼓震天

### 第一个梦

我早上醒来做了个梦，梦见新任的领导，脸都没混熟那种，暗示我说要裁员了，梦里我委屈到爆，放下SPSS（统计产品与服务解决方案）然后杠了几句……现实中我从来没刚过……

压力有多大，只有我自己知道。我已经五年没有治疗我的声带小结、声带息肉了，我真的很想休一两个月把手术做了，但是我不敢。超过三天的病，我都病不起。

活着，而已。但是我必须得美，美成一袭华美的袍子。

第二个梦

赶紧记一笔我的梦，我梦见天渐渐凉了，我的被子有些薄，我让家里给我把厚被子寄过来。结果我爹匪夷所思地给我送到杭州东。我抱着厚被子，看着我爹直接赶火车回家了，他一分钟也没有多停留，也欲言又止但依然没有说什么。我的小姐妹说，为啥他们不给我寄过来呢？我说我也是让我妈寄过来，可能他们觉得邮寄很贵……以我们家里人的思路，邮寄很贵，买新的很贵，就送过来了，车费就忽略不计了……

这个梦其实是昨天早上的，但是昨天我隐隐约约忘记了，晚上我很清晰地想起来了，但是没空写下来。趁我还记得，24 小时内补记。

我觉得我的梦做得越来越好了，人物性格分明，语言风格各异，有时候有特写，外貌或是神情都刻画细腻。这些不值得炫耀的小学生作文必备，就是我唯一不务正业的真才实学。邱金刚芭比加油。

第三个梦

其实我的《画梦录》已经完成了，但是，早上一醒来，我还是情不自禁想记下来。

这是个很有意思的梦，我梦见我找不到我了，但是很坚定地不承认。我还说了很多，台词过长记不住，简单点说，我就是我。

实力诠释落魄……落寞也可以……

第四个梦

本来我想睡个早觉，偏偏做了个梦。我梦见我秋爹地和谁喧吵，我觉得他应该累了。

我恨我没有半毛钱的担当，和其他白眼狼一样。而我只能一无所有，一往无前。

第五个梦

我梦见长石板街锣鼓震天动地的，街头巷尾的同学们舞着龙阵，素白石灰的点了红色，也不突兀的，古朴添着自己的热闹，像美人胚子不着妆，却生生点了额头一朵，稚杵杵的喜欢，也许美人胚子增色都是好看的。

而我，记不得从哪棵树上掉下来，我就说吧，跌到哪一朵花上，我就枕在上面吧，哪一朵都好，我就枕在上面了。

# 后　记

　　邱轶是一位才女，我们是同龄人，但我的经历远没有她那么丰富多彩，且没有她那么励志。她从本科一路考到硕士、博士，从未停下成长的脚步。这一路走来，有多少的艰辛、汗水和泪水只有她自己知道。

　　在修改稿子的过程中，我们常常晚上十一二点还在沟通，但早上五六点她又给我发消息了。曾经，我以为，我已经很努力了，但在她面前，我想起了那句话"比你优秀的人，比你更努力"。她的努力已经到了自虐的地步。

　　邱轶说，她坚持写作有二十年了，几乎从未中断，每天晚上临睡前必定要写一篇或长或短的文章，否则就睡不着觉，以前用电脑，现在用手机，记录下来的文字有数百万字。这部书稿，便是从这数百万字中精选出来的散文游记。

　　她的文笔之优美，令人赞叹。比如"一路飞鸟伴蝴蝶，你是鹓鶵于深林，你是庄周梦蝴蝶。""水波照进了沿岸的窗户里了，像瀑布一样落落的，一帘秋水。""把那霓虹收了去，晃着我的神，和那些烟花落了似的跌了躲了的，迎个满怀的，收了一池摇曳。""云雾之深厚如海，望不尽远山城郭，就是一片云海茫茫，等一出明媚艳阳。"

这些优美的文字在她的书中随处可见。她的优秀，除了她的努力，也跟家族的基因分不开，她的爷爷是华中科技大学的建校元老之一，她从小在华科校园长大，耳濡目染，于是，在她的文字中，多了些灵气，多了些文化的积淀，还多了几分幽默感。

她在描述安徽宏村的文章中，这样写道："以它们漫长的岁月年轮和独特的成长姿势，见证着宏村的发展脉络，见证着信念如何成为本能。"其实，一个历史文化名胜如此，她自己又何尝不是？家族的基因、优良的家风家教和她自己的勤奋、努力，最终让她抵达她想要拥有的人生，而她仍在学术之路上继续攀登，力争交出更好的人生答卷。

人生只有一次，想要成为什么样的人在于自己的选择。她没有在前辈的功劳簿上躺平，而是选择了一条艰难跋涉之途，她说："世间任何的成年角色，谁不是含泪微笑，生活的艰辛苦楚，每个人都还有漫长的人生道路去面对。我确实竭尽所能，希望我的世界再美丽一点、丰富一点、辽阔一点、悠远一点。"

她在文中常常调侃自己是"浮夸邱",也许她的着装打扮偶有浮夸,但她做学问、写文章、出书却是一点也不浮夸。这是真的。

这部书稿只是她在文学创作领域更加辽阔的一个开端,后面还会有更多更好的作品面世,我相信。

2022 年 4 月 15 日

（作者陈景丽,青年作家、诗人,从事出版代理工作,已策划出版图书、杂志 200 余部。）